JN103255

久野治

# 記念歌集

# 白寿

HAKUJU 99

中日出版

## 短歌



## 作詞

# 第一部

# 白秋

かそけくも　カリヨンの鐘　きこえたり　冬の薄日に　庭に出ずれば

二度咲きの　桜にしあれば　正月の　小春日和に　ほころびにけり

雪が舞う　二日の朝の　庭にして　朧梅の花　咲きそめにける

一握（いちあく）の　陶土は柩に　入れしとう　天にて轆轤（ろくろ）　まわし給うか

（陶芸家・加藤唐九郎（一八九八〜一九八六）を偲ぶ）

逞（たくま）しく　ヘラの削りあと　その儘に　握りこぶしか　黒織部茶盌

燃ゆる火の　噴き出る窯より　取り出す　天正黒茶盌は　火箸の先に

少しずつ　辛夷（こぶし）の花芽　ふくらめり　耀（かが）いにける　陽光あつめて

シテを舞う　媼（おうな）のごとく　意地みせて　盆梅ことしも　花つけにけり

（滋賀県・長浜市　盆梅展）

景雲館　おみな並びて　競うごと　盆梅の花　いまを盛りと

花いくさ　するが如くに　盆梅の　花咲きそろえば　春立つらしも

麦酒（ビール）すこし　飲みたく思う　夕べなり　しだれ桜の　木蔭あゆめば

羅漢像　一つひとつを　飽かず見る　われに似たるは　何処（いずこ）におわすか

草笛も　はやり歌など　鳴らしいて　昭和も遠く　なりにけるかも

花菖蒲　咲きて少しく　汗ばみぬ　髪をば短く　刈らむと思う

夾竹桃（きょうちくとう）　憤怒に燃えて　咲きにけり　ノーモア・ヒロシマ　デモる道すじ

（広島市にて）

「黒き雨」の　一章読みて　眼閉ず　原爆ドームの　前のベンチで

虫鳴ける　太田川原に　佇めば　せせらぎ今も　慟哭（どうこく）のごと

新緑は　見よとばかりに　バス傾ぐ　安房峠は　七曲るかな

風吹けば　吹かるる儘に　身をかがめ　コスモスの群落　われと遊べる

秋風は　すこし冷たく　吹きそめり　コスモスの花　いよよ咲けるに

コスモスの　白きが花と　紅き花　風とたわむる　ゲームするごと

謙信も　此処に陣して　月見せし　稲荷山城　穂芒ゆれる

（信州上田にて）

姥捨（うばす）ての　山より見れば　千曲川（ちくまかわ）　善光寺平を　東西にさく

葉鶏頭（はげいとう）の　花秋かぜに　揺れており　川中島は　古戦場あと

雪置ける　飛騨の山なみ　白じらと　明けゆくときより　朝市は立つ

（飛騨高山）

一之町　二之町そして　三之町　あるかも知れずと　町筋あるく

朝市の　後ろながるる　宮川に　山茶花（さざんか）一りん　流れてゆきぬ

赤かぶら　並べて売らるる　朝市は　観光客を　誘いて賑わう

小鰯（こいわし）を　刺身となして　食べにけり　「酔心」の味　また格別に

（広島市）

河豚（ふぐ）ちりの　舌にしびれが　少しある　熱燗かさねて　酔える夜かな

襷（たすき）かけ　著名人並びて　募集せり　ニュース・カメラを　意識しながら

早咲きの　梅ちらほらと　咲きそめる　佐助ヶ谷を　ひとり歩めば
（鎌倉）

二分三分と　はや咲きそめし　梅の花　円覚寺附近　人もまばらか

海の風　穏やかなれば　春未だし　材木座海岸　白き帆は一つ

蜩（ひぐらし）も　啼きつくしたると　思うとき　卒寿をまえに　母逝きにける
母・せつ（一八九八～一九八六）

秋の日の　暮れるははやし　わが母の　闘病みじかし　消えゆくがごと

艶やかな　肌そのままに　ふくよかな　頬もて母は　みまかりにけり

しらさぎの　翔ぶが如くに　寄せ植えの　鷺草（さぎそう）咲けり　五つ六つ七つ

女郎花（おみなえし）　揺らぐともなく　風もなし　夕べの庭に　影を伸ばせり

ようやくに　花茎のびて　擬宝珠（ぎぼうしゅ）の　花咲き夏は　過ぎゆかむとす

一斉に　木槿（むくげ）の花も　咲きそめて　ソウル・オリンピック　指かぞえ待つ

陛下病む　雨月（うげつ）の夜は　なおさらに　酌みける酒の　苦（にが）くもあるか

むらさきの　額紫陽花（がくあじさい）の　花をみて　旅にいでゆく　梅雨のあしたを

ながき旅　おえて帰れば　青・藍の　額紫陽花が　咲きて迎えり

円空が　木ッ端あわれみ　刻みゆく　仏は生命　あるごと微笑む

巨杉に　梯子をかけて　鉈（なた）ふるう　南無阿弥陀仏は　山に木霊す

自らの　座像を刻みて　置きたれば　賓頭盧像（びんずるぞう）とて　撫でられにけり

金縷梅（まんさく）は　空にふぶけど　風寒し　「歩け歩け」の　旗かかげゆく

踊れるが　如くに黄の花　空に舞う　歩けあるけの　われらが頭上

一すじに　隊列組みて　往きゆけば　手振れるごとし　まんさくの花

待ってたぞ　瀬古独走の　琵琶湖畔　あつき視線は　ソウル五輪へ

咲きほこる　染井吉野の　中にして　鬱金（うこん）ざくらの　白きを賞（め）ずる

マロニエの　花一斉に　空に向け　両手あげたり　声あぐるごと

えびす講　今年は非ざり　陛下病む　商店会は　自粛を決める

秋霖の　降れる朝を　平癒祈る　二重橋前　去り難くして
（昭和天皇）

疲れたと　少しばかり　愚痴こぼし　九十年の　生涯おわる
（母・せつ）

ひとりなき　母のむくろを　引いてゆく　暁の病廊　かなしきろかも

大往生　いな大大往生と　いうべけれ　母の最期を　みとりてわれは

法師蝉　鳴かなくなりて　ようやくに　コスモス咲く朝　母逝きにけり

朴の葉の　終の一枚　さりげなく　散りてわが家の　秋は去りゆく

落ちるごと　庇（ひさし）に近き　冬銀河　またたく夕べを　坂のぼりゆく

チチと啼く　頬白チと鳴く　蒿雀（あおじ）らの　樹林にあれば　樹化けして立つ

蠟梅（ろうばい）の　黄の花楚楚（そそ）とし　俯（うつむ）ける　儘に咲きたり　春まだ遠く

薄墨を　流せし夕べの　空にして　鳶かなしくも　笛鳴らし舞う

秋篠川　かほそく流れて　いたりけり　薬師寺東塔　九輪がひかる

（京都・奈良）

薬師寺は　くすしを祀る　寺にして　医師とつれたち　詣でけるかも

「医王堂・安達和俊先生」

一群れの　コスモスの花　揺れており　薬師寺への道　われら急ぐに

乱調の　秋にしあれば　返り花　桜ちらほら　木枯らしに咲く

大き雲　動かずあれば　恵那山と　なにを語るや　師走というに

蒸気船　音たて筏を　めぐりおり　水脈(みお)は海べに　景色をつくる

牡蛎筏(かきいかだ)　ひそかに揺れて　いたりけり　風なき入り江　冬日ゆたかに

（伊勢市にて）

嫁ぎたる　娘の案内(あない)に　的矢湾(まとやわん)　たずねてゆけば　鳶も舞いおり

柳の芽　吹きてさやさや　揺れており　此処は一条　戻り橋
（京　都）

春の雷　憤怒のごとく　激しかり　利休自刃に　天地ふるえる

そのむかし　利休の首を　さらしたる　戻り橋あと　春の雨降る

四阿（あずまや）の　超然居にて　ながめおり　縮景園（しゅっけいえん）に　花のふぶくを
（広　島）

朱塗りの　洗心橋を　わたるとき　鶯啼けり　姿みせずに

濯纓池（たくえいいち）　風に漣（さざなみ）　うちおれば　枝垂れる松も　あわせ揺れいる

跨虹橋（ここうきょう）　此処に座すれば　見ゆるなり　清風館は　数寄屋の書院

雨の奈良　寺を巡れば　そこかしこ　八一（やいち）の歌碑あり　佇みて読む

會津八一（あいづやいち）（一八八一～一九五六）

ひら仮名の　もつ柔かさ　優しさを　歌に托して　奈良詠みたまう

渺茫（びょうぼう）と　雲湧きあそぶ　如くにて　八一は歌を　ひら仮名でかく

石碑の　裾にしありて　むらさきの　野の花咲けり　春の雨降る

そのいのち　短かき故に　いとおしく　妻と拾えり　沙羅の落ち花

雨に咲き　命みじかく　散りゆける　沙羅はかなしき　涅槃（ねはん）の花か

手にとりて　見れば麗わし　純白の　ドレスの花嫁　沙羅の落花は

病める子が　吹くハモニカの　唄さびし　音程すこし　狂いているも

子の姿　すっかり減りて　せまき路地　風鈴売りが　影を曳きゆく

誰が掘りし　砂の山また　谷にして　蟹があそべり　土用東風（こち）ふく

大き旗　掲げるごとく　咲きにけり　連隊旗という　名をもつ芙蓉

そっと手を　添えてやりたし　白芙蓉　おおき花びら　風に破れり

くれないの　色あざやかに　紅芙蓉　クインの花か　誇らぬがよし

少しずつ　紅深めゆく　酔芙蓉　おおき花びら　風にさ揺れる

少年の　日に憧れし　ハモニカの　バンド今なし　カラヤンも逝く

たわむれに　幼（おさな）が書きし　砂浜の　曲がれる道を　親子蟹ゆく

現（うつ）つ世の　忌いまわしき　事忘れむと　土用太郎（どようたろう）の　海に声あぐ

流木の　大きがありて　腰おとす　わが足もとを　よぎる海蟹

カナカナは　何処へいった　ふと思う　風が朴葉を　落としはじめて

めずらしく　馬追い啼ける　夜なれば　庭園灯は　点すべからず

蹲踞(つくばい)の　水落つあたりか　鈴虫の　啼くこえ聞けば　戸閉じめ惜しむか

松虫や　鈴虫飼いたる　子等つどい　路地のにぎわい　夜を更けしむ

ひぐらしも　啼かなくなりて　こぼれ萩　秋をよぶかに　母の忌せまる

たわわにも　実れる稲穂の　先にして　蜻蛉ゆれおり　鞦韆（ぶらんこ）するごと

蝉時雨（せみしぐれ）　消えて久しき　庭にして　曼珠沙華咲く　母の忌は明日

立て板に　水とは言わぬ　さりながら　きょう七時間の　講演おわる

われながら　言葉つぎつぎ　面白く　生れてくれば　草稿はなし

聞いている　ひとの眼（まなこ）の　動かずに　われが講演　良しとおもうか

講演を　終わりて帰る　夜の電車　「月桂冠」は　一合でよし

土岐川の　淵にひそみて　一群の　鮎はうごかず　春待つらしも
（岐阜県・土岐川）

青澄める　水の底にて　鮎のむれ　佇むがごと　身をばひそめる

冬なれど　一条あかるく　陽の射して　渕の底泳ぐ　鮎のむれみゆ

西側より　ブランデンブルグの　門に来て　その儘戻れり　潜れずわれは
（回顧）

なにかなし　民族自決を　無視したる　東西分断　ドイツを裂けば

東・西の　境となりて　ベルリンの　壁はかなしき　言挙げずして

黙として　ブランデンブルグの　門立てり　東・西冷戦を　示すがごとく

ベルリンの　壁をし見つつ　飲みにける　苦きビールは　忘らえなくに

ベルリンの　壁厚くして　わが友は　母の顔すら　知らぬと述べり

若き日に　往きたる東西　西ドイツ　既に貧富の　差はひろがりぬ

ゲルマンの　血は確実に　かようなり　東・西ドイツは　統一めざす

ようやくに　楓（かえで）芽吹ける　栂尾（とがのお）の　寺のきざはし　雪ののこれる

（京都・高山寺）

雪のこる　周山街道（しゅうざん）　往きゆけば　北山杉（きたやますぎ）の　伐（き）り出しにあう

春の雪　すこしく残れる　京にきて　秋櫻子（しゅうおうし）句碑をば　尋ねゆくなり
（『秋桜子句碑巡礼』の取材）

足摺りの　岬にありて　指さすは　ジョン万次郎の　流れし海なり

懐手（ふところで）の　龍馬の像や　桂浜（かつらはま）　しぐれの雨に　石を拾えり

鉦（かね）ならし　お遍路さんが　寺めぐる　春の四国は　菜の花のみち

賑やかに　お遍路さんの　国訛り（くになま）　道にあふれて　すれ違いゆく

大鳴門　橋の下にて　渦巻けり　観潮船は　かしぎ近づく

おどるごと　「鳴門秘帖」と　刻みたる　ただ四文字の　清（すが）しき碑なり
（吉川英治著『鳴門秘帖』）

夏の夜の　阿波の踊りを　おもいつつ　酌みける酒の　旨しくもあるか

万緑の　弥山を背にして　建てられし　五重の塔に　夏日あつまる
（広島県　厳島神社）

少しずつ　潮引きゆけば　宮島の　赤き鳥居の　際立ちてみゆ

見つむれば　穴の中より　湧くるごと　蟹這いいでて　潮引くらむか

とべら咲く　仁右衛門島に　潮満ちて　月夜にあれば　船はやすめる

頼朝を　かくまう程の　豪気もつ　島主は仁右衛門　三十八代

赤き旗　ひそかに立てり　白川は　平家が落ちびと　隠れ里なる

詩兄　吉田暁一郎（一九一四〜一九九〇）

矍鑠（かくしゃく）と　桝目あふるる　文字のあと　評伝二篇は　遺稿となりぬ

星まつる　夜を卒然と　倒れたる　吉田暁一郎（よしだぎょういちろう）は　ペンを離さず

ふるさとの　中部が生みし　詩人伝　書かねばならぬ　君と約せば

ペンを手に　われも死にたし　されば尚　汝の最期は　羨しくもある

岩礁に　潮みちくれば　手漕ぎ船　すこしく傾き　揺れにけるかも

天の川　流れる星に　乗りたもう　詩鬼・暁一郎は　七夕に死す

壮烈な　戦死といわむ　暁一郎　ペン持ちし儘　座して死すれば

修道院の　裏庭あゆめば　茶の花の　白きが咲きて　秋ふかみゆく

弟の　墓をめぐりて　赤とんぼ　舞いまい遊べば　そっと見守る

（弟・茂）

金木犀　匂える秋を　つぎつぎと　友の訃きけば　腕もがれるが如

大銀杏　散りゆく秋を　迎えなば　あてなく落葉　拾いていたり

東海の　小島の磯と　うたいたる　立待岬は　啄木が墓

（北海道・函館）

酔芙蓉　花をたたみて　終わりけり　晩夏の日射し　少しやわらぐ

木槿（むくげ）とも　はたまた芙蓉（ふよう）と思うなり　見分け難きは　姉妹の花か

真白なる　遠州むくげ　一りんの　挿花にあれば　いのち寂しき

そこはかと　青柳町は　歩むなり　函館の街に　妻と来つれば

（北海道）

啄木（たくぼく）が　墓の上なる　岬にて　夕日はしずみ　風立ちにけり

見下ろせば　嵯峨野は白く　埋もれゆく　大粒の雨　雪にかわりて

雨いつか　雪となりせば　道のべの　北山杉は　冬をよそおう

清滝（きよたき）の　川の辺真白に　染まりゆき　北山杉の　緑うすれる

それぞれが　背丈競いて　咲けるなり　黄水仙の花　湖にむかいて

湖風に　吹かれ靡ける　黄水仙　群落なすは　さびしき故か

そのむかし　ナルキッソスに　恋をせし　エコーの花か　黄水仙の咲く

光琳の　屏風ともいいて　窓あける　ミキモト真珠島　菜の花が咲く

鮮やかに　箸さばきして　寿き焼きの　味つくりゆく　たまゆらを待つ

春の雪　少しく降りて　綿帽子　かむれる去来の　墓に詣でる

（京都・嵯峨野）

忘れ雪　降りだしくれば　小倉山　落柿舎あたり　人まばらなり

化野(あだしの)は　念仏寺への道　樹陰にて　なだらかな坂　ゆっくり上る

阿児湾(あごわん)の　ちいさき島は　浮ぶなり　真珠筏は　舟ならぶごと
（伊　勢）

春は来ぬ　志摩半島に　海女の声　弾みてあれば　水ぬるむらし

的矢カキ　ことしも喰べなん　されば尚　伊勢参宮を　先ずは済まさむ

西行(さいぎょう)の　井戸塚みむと　落柿舎の　裏山くれば　春の雪降る

白壁の　蔵の並べる　道ゆけば　奥より聞こゆる　酒つくり唄
（京都・嵯峨野）

三原城　石垣のみの　城址に　ふじの大樹が　花咲かすなり

（広島県三原市）

元就（もとなり）の　弓矢の教え　守りたる　小早川隆景（こばやかわたかかげ）　安芸をおさめり

そのむかし　横山大観（よこやまたいかん）　愛したる　「酔心（すいしん）」銘の　酒造る家

（広　島）

ミレー描く　「種蒔く人」も　よく見れば　右手うしろは　鳥が舞いいる

夕焼ける　空をば背に　種蒔ける　バルビゾンの田園　霞みてぞみゆ

一握の　右手の中は　幾千の　種にぎられて　蒔かれゆくなり

緑こき　秋神温泉　しぐれ来て　蜩のこえも　消されゆくなり

錆(さび)いろの　赤き湯ぶねに　身はしずむ　窓べの瀬の音は　雨にかわりて

御岳(おんたけ)は　雲に隠ろい　見えずして　日和田高原　白樺の森

白樺の　林の道を　往きゆけば　牧場ひろびろ　木曽馬あそぶ

茶祖という　村田珠光(むらたじゅこう)の　称名寺(しょうみょうじ)　萩咲く道の　片辺にひそと

利休遠忌　迎えて茶書の　売れるとき　われが「織部」も　それにあやかる

「丸善」の　書棚にひそと　われが本　並べるみれば　手とりてやらむ

茶書という　コーナー己が　住処（すみか）とし　「織部」の本も　売られゆくなり

豊旗雲（とよはたぐも）　ゆたかに湧ける　夏の昼　ちいさき命の　生まれ来たれり

（孫　誕生）

「今日は　赤ちゃん」という　歌のふし　ふと口に出る　産院入り口

命名は　「由香子」と書ける　小さき軸　見ることもなく　ただに乳呑む

ガラス窓　越にしありて　初孫は　眼閉じおり　やすみ給うか

円かなる　瞳はあけて　右ひだり　身体うごけば　なにか慾るらし

みどり児の　夢はおぼろか　微笑めば　なにやら吾も　心なごめる

初孫の　歌をし詠まむと　思うとき　いずこか聞かゆる　親馬鹿風鈴

蟋蟀の　かすかな声も　子守唄　しずかに聞きて　寝ねにけるらし

健やかな　女子にありて　初孫は　手足おおきく　空を切りおる

老松の　大きが幹の　下ゆけば　出雲大社の　太鼓とどろく

（出雲大社）

誘われる　儘にゆきたる　荒木屋の　出雲そばこそ　これぞ名物

荒木屋の　蕎麦食べおえて　詣でたる　出雲大社に　なにを祈るか

松の幹　束ねし薪の　積みならぶ　庭せばまりて　窯焼き近し

登り窯　すっかり減りて　焼き手さも　少なくなれば　電気炉増えゆく

元屋敷　窯址に立てば　遥かなる　桃山茶陶の　盛時うかべり

窯どころ　住みつく儘に　学びたる　乏しき知識　本を成したり

いのちある　ものの如くに　干(ほ)されいる　徳利は朝日　体ごと吸う
（岐阜県土岐市阿庄は徳利の産地）

織部焼く　登り窯にて　焙(あぶ)りより　薪くべ続けて　今日で三日目

窯焚きの　いのちと言わむ　攻めに入り　陶工の眼も　鋭がれゆくなり

漆黒の　夜をば照らし　赤あかと　窯は火噴きて　薪はぜる音

攻め焚きの　炎にありて　窯ゆらぐ　真上の月も　駈けるがに見ゆ

もろ板に　並べる徳利の　白き肌　朝日がさせば　眩しかりける

天日干す　大鉢皿の　白き肌　象嵌(ぞうがん)するごと　黄蝶とまれり

すこしずつ　窯に運びし　素焼き陶　階層成して　火入れ待ちおり

春の陽は　あまねく射して　干されいる　小鉢の列に　黒猫ねむる

志野という　火色もとめて　焼けつけば　採算いつか　外れたるらし

菜種梅雨に　入らぬうちに　ひと窯を　焼かねばならぬと　夜業いそしむ

窯出しの　朝を迎えて　忙(せわ)しかる　もろの片隅　菜の花咲けり

快山（かいざん）が　皿の色にて　空おぼろ　霞めるあたり　御嶽うかぶ

窯おこし　始まる朝の　庭にして　風立ちくれば　桜散りそむ

薪垣の　間を燕ら　往きかわす　あすは窯の火　焚かねばならぬ

窯神の　供えの水・塩　こぼれけり　攻め焚き一気に　地ひびき立てる

大萱（おおかや）の　林の中に　苔むする　名もなき陶工　墓が並びぬ

弥七田（やしちだ）の　窯のすべてに　言えること　図柄の絵筆は　「きれい寂び」なり

陶片の　皿にしあれど　芒ぐさ　揺れるがにみゆ　月も傾ぐか

乾きたる　夏の日にして　素焼き陶　すこしく皹(ひび)も　生まれむとする

快山(かいざん)が　青磁の色は　秋澄める　空のブルーを　写さんとす

人間国宝　塚本快山（快示）

窯すみの　釉薬桶(ゆうやくおけ)に　止まりいる　蜻蛉めずらし　水欲るらむか

そのむかし　登り窯たつ　坂なれば　路傍に碑あり　「又助窯址」

窯址も　宅地化されて　家建つる　ふるき匣鉢(こうばち)　そこ此処に出て

炉を出でて　チリチリリンと　鈴のごと　音ひびかせて　貫乳入りゆく

ひたすらに　「北京秋天」の　色もとめ　青磁ひとすじ　命燃え尽く

両手もて　茶盌を返し　高台の　脇の「窯印」　しかと確かむ

ガス窯は　攻めに入りしか　千度超ゆ　風ふきあげて　黄瀬戸焼くなり

ゆるやかに　ロクロ回して　その細き　筆もて引ける　碗の金縁

呉須（ごす）溶かす　テレピンの匂い　著（しる）けくも　「窯町」路地に　秋の雨降る

疲れると　思うはわれらの　気苦労か　由香子は確かと　休まずあゆむ

黒皮の　われが鞄の　鈴の音に　覚えあるらし　手でふれてみる

おのが意志　通じぬ事の　もどかしさ　言葉なければ　泣きて訴う

ふと洩らす　微笑にえくぼ　くぼみたり　由香子少しく　女子(おなご)さびゆく

少しばかり　テレビの漫画　わかるらし　指さし画面を　みつめてあれば

乳離れ　して食慾は　さかんなり　満腹大明神は　眠りさそうか

焼き手さの　いのち短かし　千度超す　窯火にむかえば　胸やくという

焙(あぶ)りより　攻めに入らむ　ときにして　不動明王が　喝さけびたる

夕焼けの　空くろずみて　夜を迎う　窯のけむりも　馴染みて昇れ

平城山(ならやま)の　坂道のぼれば　竹林の　多くを削れり　声あぐべきや

柿すだれ　少しく揺らして　風立ちぬ　春一番は　とうに過ぎたり

吊し柿　土蔵の壁に　影うつす　日向ぼこ良し　媼ら駄弁(だべ)る

白壁に　干し柿幾すじ　揺れおりて　春の日射しは　眩しかりけり

干し柿の　軒につるされ　冬越せば　春を迎えて　肌もかがやく

窯の火は　焙(あぶ)りにありて　薪(まき)くべる　焼き手さ達も　ジョーク飛ばせる

登り窯　山に向いて　火を吐(は)けり　まんさくの花　いよよ咲けるに

わが祖父は　焼き手さなるか　そのむかし　窯焼きつづけて　命ちぢめり

なだらかな　背をつらねる　平城山(ならやま)の　形くずして　ブル駆けめぐる

阿庄川（あしお）　かぼそく流れて　いたりけり　河鹿のこえも　ときに聞こゆる

神器徳利　日干しにせむと　並びたる　もろ板のあいだ　子供らあそぶ

高台の　下石（おろし）小学校　そのむかし　田中邦衛（たなかくにえ）が　教鞭とりたり
（俳優　田中邦衛）

馬車挽きの　逸平さんの　世話になる　体の弱き　父ら家族は

焼き終えて　窯出し迎う　朝なれば　柏手ひときわ　高くひびかう

陶・宋の　むかしの陶片　かたわらに　白瓷のインチン　技法きわめる
（快山窯）

牙白という　胎土求めて　ひたすらに　微粉にくだく　真白き土くれ

その細き　山みち登れば　草むらに　円五郎（エンゴロ）破片　落ちているなり

登り窯の　背に吹く風は　竹群を　抜けてすがしき　夏蝉も啼く

森ふかく　山の奥処の　窯なれば　唯一すじの　煙吐くなり

一粒の　小さき声と　いう勿れ　一億の怒り　政権を変える

登り窯の　煙地に這う　朝にして　洗濯物の　干すすべもなし

疎開という　貧しき住まいの　儘にして　父は逝きたり　阿庄の里で

阿庄川　堤をいそぎ　出勤す　軽便鉄道は　朝の一番

隣室の　トロミル回り　始めたり　われらもそぞろ　家移るべし

蛙目土を　はたく水車の　音かそか　川の流れに　添いて歩めば

藁ぶきの　大き屋敷の　囲炉裏にて　茶をば汲みたり　黒織部茶盌

陶房の　前を流れる　水向川　水澄みおれば　山椒魚泳く

山を背の　登り窯にて　八十二さは　織部の花入れ　ひたすらに焼く

かかわりは　短かく過ぎしか　織部忌に　会える楽しみ　一つ消えゆく

窯の火は　冷ましに入りて　ふと見上ぐ　染井吉野は　既に七分か

（第三回　岐阜県文芸祭で文芸大賞）

いまの世に　黄門さまが　在すなら　助さん格さん　「懲らしめてやりなさい」

胡座（あぐら）して　ロクロと闘う　姿なり　掛け花筒を　数千つくると

（閑山窯　佐々木八十二）

確かなる　腕もて焼ける　馬上杯　その織部釉　色のよろしさ

なにげなく　手とりて見れば　ぐい呑みの　文様うれし　梅鉢文なり

嫌という　意志即直に　由香子述ぶ　ＮＯと言えない　日本の秋に

ジーガムの　カセット独り　取り替えて　唄口ずさむ　手振りも添えて

「おはよう」と　声かけ来るを　知り乍ら　未明に去るは　罪というべし

上京を　する度ごとに　語彙（ごい）増（ま）して　由香子ならずも　われが楽しみ

わが家の　庭に向いて　声上げり　「公園」という　表現するどし

ふたぁつと　言わずにはっきり　二歳という　由香子の言葉　歯切れよろしく

久闊に　われを迎える　由香子の眼　モナリザの微笑か　少し含差む（はにか）

パンダちゃん　寝んねしたよと　由香子いう　動物園は　楽しかるらし

宿題の　公文式絵解き　辿りゆく　エンピツ持つ手も　確かとなじみて

十冊が　程にもいたる　童話本　ママに読ませて　ようやくに寝る

パパ・ママの　言葉おぼえて　呼びにけり　パァパというが　すこし可笑（おか）しく

拳ほどの　団子二つを　重ねては　雪だるまちゃん　初めてつくる

叱られて　泣きたる顔も　その儘に　遠足なれば　ママと駈けゆく

七夕の　セット買い来て　楽しめる　鋏持つ手は　いまだ幼なし

わが家の　階段すこし　急なれど　冒険ごころか　由香子のぼれり

いささかは　われらの家系と　言わめやも　寝つきの悪い　由香子にあれば

朝寝坊　したるが故に　叱られし　頬のなみだは　一すじ光る

われに似て　大き声あぐ　由香子なり　わあーいわいは　ご機嫌よいとき

子らのぼる　ジャングルジムに　近付けど　少し危ないなと　言うて登らず

卒寿という　歳をば迎えて　安江ふき　命燃えつく　やすみ給えや

義母（妻の母）

西行の　願いの如く　さくら花　満開のときに　逝くは冥加か

何ひとつ　病いはあらず　唯ただに　食細りゆきて　命尽きたる

久しぶりに　「おい富貴（ふき）来たか」と　声かかる　浄土の花見は　まだ遅からず

四歳用の　テスト買い来て　ひとり言　すこし難しいなと　ボールペン握る
（孫　由香子）

アンパンマンの　ビデオ借りきて　繰り返し　飽かずに見るは　楽しかるらし

召されゆく　遠天の空の　深みどり　長養寺さくらは　今日が満開

確かなる　腕もて焼ける　蔵志埜（おさむしの）　その雪肌は　燃ゆる紅（くれない）
（人間国宝　鈴木蔵）

陶のまち　市之倉（いちのくら）にて　父道雄　その背を仰ぎて　学びしものか

なによりも　モグサ土とう　陶土産む　郷土に生まれて　よき師得られる

昭和っ子の　意地というべし　何くそと　豊蔵門(とよぞう)で　志野をきわめる

口縁の　山道たどれば　雪深く　赤土すこし　見えかくれせり

（茶　玩）

さくら花　散るを急くなと　心ある　神の祈りか　雪降らすのは

いにしえの　寝釈迦の姿や　横臥(おうが)して　眠り足らえり　命おわるまで

天よりの　声は亡夫の　「酒まだか」　彼岸のうたげも　妻ありてこそ

冥加とは　斯かることなり　桜花　さかりのときに　いのち終われば

行きずりの　言葉通じぬ　人なれど　平和の鐘は　ともに撞くなり
（広島県「中国新聞社」ヒロシマ百人一首 入選）

ガス窯の　赤き炎と　たたかいて　半生「蔵　志埜」に注げる

胡座して　ロクロとたかう　一刻を　背山の虎渓山　風のささやく

幼き日　釉薬一すじ　窯ぐれの　父の手ほどき　尊とからずや

紅志野の　すぐれし肌は　土なるか　はた又炎か　釉にありしか

平成の　明日にむかいて　「蔵志埜」　美濃のやきもの　背負いてぞ立つ

黄に染みて　風なき朝を　手振るごと　銀杏の葉っぱ　ゆっくり落ちる

橋半ば　にしあれども　立ち止まる　つがいの家鴨（アヒル）　仲良く泳げば

川どこの　流木に並びて　憩（いこ）いいる　野鳩（のばと）の群れに　夕日落ちゆく

春雷は　西の空にて　とどろけり　昭和橋をば　渡りゆくとき

（岐阜県多治見市）

やきものの　オブジェ橋の　袂（たもと）にて　かえり見るひとも　なくて鎮座す

昭和橋を　駅にむかいて　急ぐとき　知人のくるまか　ブザー鳴らせり

舞い散れる　葉をし拾えば　黄の小さき　扇(おうぎ)ともみゆ　銀杏落葉は

時おりの　風のしらべに　乗るごとく　大銀杏の落葉　散りて舞うなり

一せいに　カメラの砲列　並びいて　銀杏落葉を　終日撮るも

大正の　ロマン漂う　街路燈　灯ともす夕べは　ゆっくり歩む

そのかたち　ガス燈に似て　懐しき　佇みたくなる　土岐川河畔

「今日は」と　言わぬばかりに　蕗(ふき)の薹(とう)　顔のぞかせて　春は来ぬるか

待つほどに　春告ぐ庭の　蕗の薹　二つ三つと　芽吹くを数う

コーヒーの　モカの薫りを　曳き乍ら　座席のあいだを　ワゴン車過ぎゆく

右に白　左に紅梅　咲きほこる　天満宮詣では　二ン月に如かず

雨過ぎし　あとにてあれば　その細き　洲浜につがいの　家鴨(アヒル)あそべり

浄念寺の　土塀の向うに　咲きにける　馬酔木の花は　夕べ匂いて

南無阿弥陀　誦経は森に　こだまして　名知らぬ人の　ひとり消えゆく

寒鴉（かんからす）　森に集いて　啼きやまず　時おり空に　飛び立つがみゆ

明け六つの　鐘を鳴らせる　浄念寺　われらが目覚めの　朝を告ぐると

往還の　人の足をば　止（と）どめたる　ヒトツバタゴは　いまが満開
（ヒトツバタゴはなんじゃもんじゃの花）

「ペンこそは　われが命」と　筆太に　刻める石碑　雨にぬれ建つ

とこしえに　市（まち）の背骨（せぼね）を　流れゆく　土岐の川辺に　文学碑は建つ

そのむかし　佐藤一斎（さとういっさい）の　言よろし　「春風をもって　人に接す」と

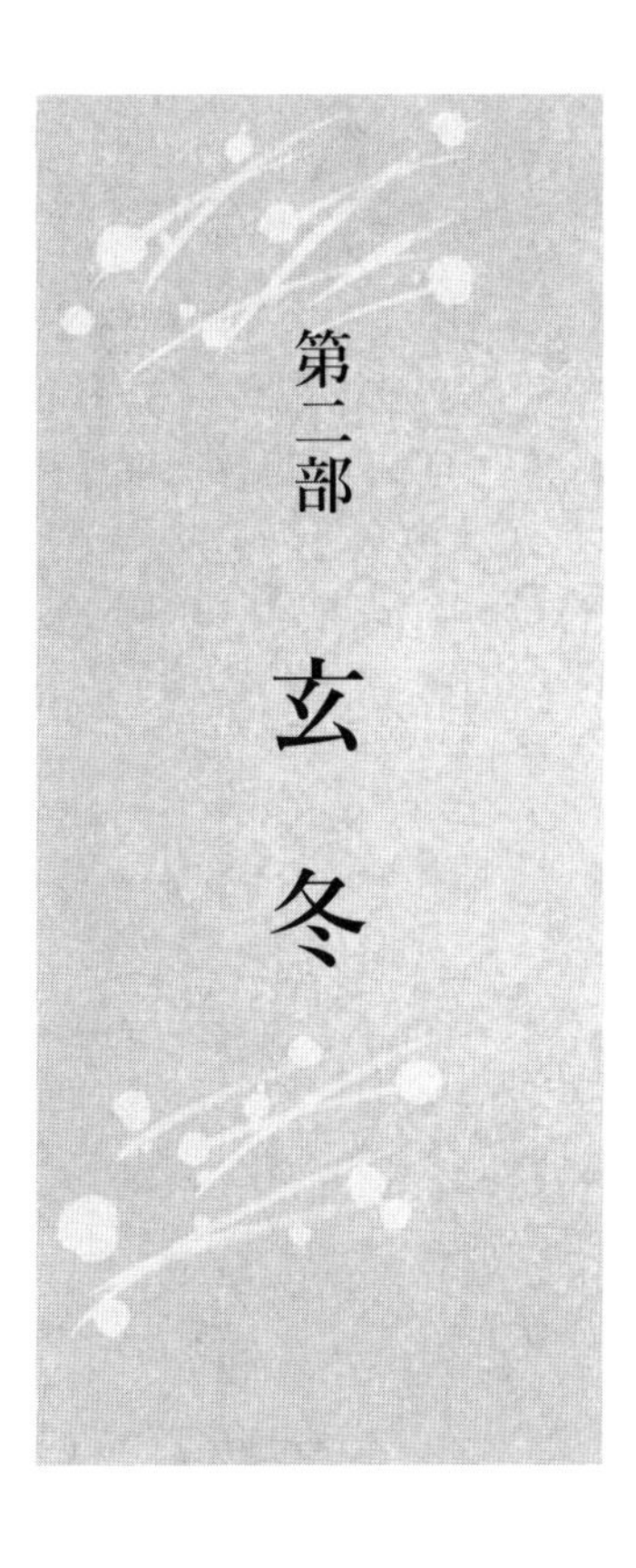

# 第二部

# 玄冬

牟田洞（むたぼら）に　埋もれし陶片　手掘りたる　荒川豊蔵（あらかわとよぞう）　生くれば百歳

人間国宝（一八九四〜一九八五）

てのひらの　古志野の陶片　かざし見る　絵図ヶ根峠は　満月にあり

筍絵の　陶片一つが　美濃焼の　歴史を証せり　志野筒茶盌

誰れか言う　唐九郎志野は　織部にて　豊蔵志野は　利休にありと

加藤唐九郎（一八九八〜一九八六）

ゆっくりと　高社山（こうしゃさん）の　肩あたり　夕日沈めば　明日も晴れるか

孫娘の　蒔きし向日葵　背を伸ばし　陽光に向きて　花まわりそむ

朝顔の　花一つ咲かぬ　夏なれば　ちちろ恋しと　秋を待つなり

この年の　梅雨ながければ　その後の　日照りきびしく　瓜の成り良し

はろばろと　豊後竹田を　訪ねきて　岡城址をば　友とのぼれり

ゆっくりと　廉太郎（れんたろう）トンネル　潜るとき　「荒城の月」の　調べひびけり

千名の　コーラス城址を　仰ぎみて　「荒城の月」は　歌い上ぐべし

廉太郎忌と　いうべきものは　ありやなし　「荒城の月」を　歌うは今宵

美しく　辻が花とも　呼ばれける　絞り文様　陶器にうつす

慶長は　十七年と　陰刻せる　青織部香炉の　獅子は眼をむく

織部黒の　逸品いくつか　見て巡る　「銘・冬枯」は　枯淡の味か

一幅の　禅画にも似たる　織部の書　半切にして　茶室に掛かる

墨跡は　掠(かす)れて文字は　鳥のごと　翔けるやにみゆ　織部の書状

四百年　経ちたる書なれど　日焼けせず　鳥の子紙(こ)の　色はその儘

秋霖(しゅうりん)の　降れるが如く　斜め書く　織部の書風を　禿筆(とくひつ)という

紅葉なす　ここは栂尾(とがのお)　高山寺(こうざんじ)　明恵(みょうえ)上人を　偲びつつ歩む

山すそを　流れる水の　幽(かす)かにて　哲学の道は　鳥も囀(さえず)る

窯を出て　すこしく外気に　触(ふ)れるとき　チリチリリンと　貫乳(かんにゅう)入りぬ

窯詰めを　終えて火入れる　暫らくは　心安らぐ　ひとときと言う

わが咽喉　嗄(か)れにしあれば　月桂冠　初のひと口　染みゆくが如

はるばると　宋の国より　運ばれて　茶の種蒔きし　茶園のこれる
（京都・高山寺）

「高山寺　略記」を読みて　知れるなり　石水院（せきすいいん）は　後鳥羽院より給う

そのむかし　建礼門院（けんれいもんいん）も　明恵上人の　みおしえ慕い　授戒されたり

葉落ちせる　疏水のほとり　ひとりゆく　哲学の道は　すこし濡れいて
（京都・哲学の道）

「善」という　事をば考え　哲学者　西田幾太郎が　散策の道

通園の　バスを待つ間も　刻惜しみ　青い自転車　漕ぎてあそべり
（孫）

川みずに　姿うつせる　桜花　いまが盛りか　土岐の堤は
（岐阜県多治見市）

あるかなしの　風にしあれど　花散りぬ　古虎渓の駅に　電車とまれど

土岐川の　堤あゆめば　花吹雪　西行の歌を　ひとり口誦む

トンネルと　トンネルの間にて　ふと見過ぐ　山ざくら花の　白き群落

酒すこし　飲みてほろほろ　酔いければ　帰りの電車　睡魔おそえる

からからと　咽喉の渇きは　飢ゆるごと　水を欲りけり　酒あればよし

立板に　水とは言わぬ　さり乍ら　六時間の講演　立ちし儘なり

その小さき　唇に紅をば　差しにけり　バトンガールズは　四歳児にて

（孫）

お玉杓子　掬いてコップに　入れにけり　既に泥鰌は　飼いているらし

パンジイの　花びら摘みて　東京へ　持ってゆくとう　友への土産か

ようやくに　覚えたばかりの　文字ならべ　便りくれたり　散らし書きなる

無花果の　葉っぱを一枚　浮き立たす　天目茶盌は　小振りなるがよし

（陶芸家　安藤　仁）

口縁の　傾ける線は　やまみちか　「銘・わらや」なる　黒織部茶盌

大根の　図柄が似合う　黄瀬戸皿　胆礬（たんばん）すこし　抜けているなり

その白き　志野の肌にて　いっぽんの　蕨絵なれば　「のし」とも惑う

懐しく　快山（かいざん）青磁を　双手にし　ティファニーカラーと　名付けたらむか

生涯を　たった一つの　青磁にて　秘色（ひそく）求める　いのち燃やして

匣鉢（こうばち）を　住処となして　ちちろ達　秋立つ風に　どっと鳴きそむ

川堤　真っ赤に染めて　曼珠沙華　秋分の日にして　咲き競いけり

長浜には　旧き友あり　訳あれば　尋ねることなし　ひとり往来ぬ

すっかりと　萩の花散り　秋ゆけど　かたち良ければ　刈りとりはせず

黄瀬戸皿　包める箱は　これなりと　ティファニーカラーの　小箱つくれる

ティファニーの　小箱に結びし　白リボン　さながら蝶が　とまりいる如

考古学に　興味もつ人　相い集い　ボランティアにて　窯あとを掘る

わが家の　隣地は又助　窯址にて　エンゴロ幾つか　掘りだされけり

登り窯　ありし跡にて　その大き　うこん桜が　病葉(わくらば)落とす

女郎花(おみなえし)　黄色の花を　多(さわ)につけ　秋ゆくわれが　庭をいろどる

式部の実　紫濃くして　なびきおり　撓(たわ)める様は　遊びいるごと

五冊ほど　童話の本を　読んでやる　少なき上京　短かき一夜を

（孫）

小さきレイ　かけて乗りつぐ　オアフ島　ハワイ航空は　雲とぶ中を

家族（ハワイ旅行）

手をつなぎ　マウイの島で　遊びたり　ベビーゴルフは　由香子とともに

五歳という　誕生日迎えて　一〇七センチ　由香子伸びのび　育ちゆくなり

一丁の　豆腐をもとめ　そそくさと　霙(みぞれ)る町を　買い出しにでる

右手首　骨折したる　妻に代え　師走の厨房　忙しくもあるか

駿河湾　小さく波立ち　穏やけし　伊豆のひむがし　富士山の見ゆ

その淡き　紅をば覗かせ　咲きそめる　辛夷(こぶし)とともに　春を迎える

葉落ちして　裸木にありし　白樺も　芽吹き目にしむ　春は来にけり

仰ぎみる　春は朧（おぼろ）の　空にして　月うっすらと　紗（しゃ）をばまとえる

流れゆく　水さらさらと　春近し　うつれる木々の　芽吹きたしかに

黒ビール　飲みたしと思う　日もありき　禁酒宣言を　しての百日

五歳とう　由香子の手をひき　大室山（おおむろやま）　風吹く山頂　しっかりと立つ

（静岡県　伊豆）

七夕の　如しと友は　言わむかな　「裸まつり」に　集う三人（みたり）を

十年は　短かきものか　さりながら　「東濃文学」の　歌壇占めたり

よみがえる　思いは昨日の　ごとくにて　林重雄の　「歌集」編みゆく

林 重雄（一九一一～一九九六）

髪かざり　買いそびれたる　事思い　ＴＥＬの終わりに　欲しと告げるも

花時計は　針のごとくに　ベットにて　由香子の一晩　周りてねむる

爺ちゃんの　即席童話　二つほど　せがみていつか　眠りゆくなり

訳知らず　キイを叩けば　己が名は　文字としなりて　次ぎつぎと出る

煎餅(せんべい)を　「エンベイ」と言いしも　死語となり　由香子のことば　確(しっ)かりとする

もう既に　使い古りたる　ワープロは　孫の玩具か　キイ叩きいる

小冊子　「林重雄のうた」　を編む　十年のまじわり　思い出しつつ

数多き　中よりそっと　取りいだす　きみが残せし　歌の佳品を

朴の葉の　一枚落つごと　秋の風　爽やかとなり　九月を迎える

少しずつ　法師蝉(ほうしぜみ)鳴く　数減りて　秋立つ風の　窓にあふるる

落柿舎を　窓べに見つつ　蕎麦食えば　隣席のひと　句帖ひろげり

（京都　嵯峨野）

落柿舎の　上ゆく雲の　動き待ち　カメラマンそっと　煙草取りだす

落柿舎の　門をくぐれば　蓑一つ　去年とかわらず　壁にかかれり

草刈ると　庭にし下りれば　鶯の　鳴くこえ聞こゆ　背の近くで

ささやかな　われの奢りか　伊豆高原　ちいさき山荘　夏をすごせる

（静岡県　伊豆高原）

鶯の　声すみとおる　山荘の　朝のすがしさ　海も凪ぎいて

女郎花　夕べを揺れて　いたりせば　秋待つ虫も　いずれ鳴くべし

法師蝉（ほうしぜみ）　死ぬるときまで　鳴きおるか　万偈唱うと　われは思うに

百婆仙　帰化陶工を　束ねては　有田の土もて　磁器をつくれり

（佐賀県　有田市）

鍋島の　軍の斥候（せっこう）　つとめたる　李参平（りさんぺい）は　故郷に戻れず

（帰化した金ヶ江三兵衛）

ロクロ挽く　一升徳利は　高田窯　白泉大人（うし）の　姿いま亡く

加藤白泉（一九〇七～一九九二）

天山の　沙漠おもわす　黄瀬戸花瓶　駱駝の群れは　墨絵で描く

（雅山窯　中島正雄）

逞しく　ヘラの削りあと　その儘の　蔵（おさむ）志埜とう　花器に魅入れり

（人間国宝　鈴木 蔵）

寂しさを　堪えるがごと　雲低き　雨も降らずば　晴れるともなし

誰れが吹く　麦笛ききつつ　城址にて　手にする酒杯は　オリベぐい呑み

（豊後・竹田城址）

一升の　源蔵徳利は　高田窯　手に重ければ　無礼講によし

型日根野　意匠は澤田　痴陶人（ちとうじん）　やきもの下石（おろし）に　過ぎたるコンビ

（知山陶苑）

神器徳利の　町をば器（うつわ）の　町に変う　安藤知山（ちざん）の　慧（けい）眼するどし

これならばと　思う器に　さりげなく　痴というサインを　入れて楽しむ

酒くみて　器の意匠を　語るとき　痴陶人の眼は　いよよ輝やく

そのむかし　痴陶人の許に　集いたる　若き陶工も　いまは大家ぞ

天日干す　徳利の上を　空高く　大き鳶舞う　冬日和なる

ロクロ挽く　両手の中より　生まれくる　鶴首花生け　項（うなじ）やさしき

その画趣は　英人スミスに　見出さる　痴陶人死して　はや二十年

日根野氏を　父と仰げば　母たりし　痴陶人いとしむ　中島正雄

鬼才とも　いうべきものは　中々に　世に容れられず　没後に芽吹く

焼き手さと　言うべき言葉も　消えゆきて　窯焼く技術は　電子制御か

直向(ひたむ)きに　薪をばくべて　登り窯の　焼き手たりしか　祖父という人は
（若尾民九郎）

草むらに　落ちいる匣鉢(こうばち)　なにげなく　手とれば小さき　虫の住み処(すど)か

白鷺の　一羽が遊べる　阿庄川(あしお)　そぼ降る雨に　濡れてありけり

元禄の　世はうらやまし　大尽等　天目茶盌の　酒酌みたりと

無花果の　葉っぱ一枚　象眼す　加藤仁の　木の葉天目

黒釉の　底にて青い　空を慾る　天目茶盌は　向日葵の葉

蛙目土を　叩ける水車も　今はなく　窯場広びろ　トロミル回る

銀色の　芒穂揺れいる　鼠志野　芭蕉のこころを　器に写す

すっきりと　馬上杯いくつか　拵えて　上絵を描けと　勧められけり

（閑山窯　佐々木八十二）

一握の　もぐさ土をば　ロクロ挽き　半筒茶盌の　志野に仕上げる

たくましく　拳骨(げんこつ)茶盌と　名付けらる　すこし小振りの　織部黒かな

胴肌は　ヘラの削りあと　その儘に　にぎり拳(こぶし)か　蔵志埜(おさむしの)なり

信玄の　東濃攻めに　従いて　根本に来たれる　若尾一族

神器徳利(じきとくり)　焼きつぐ村に　帰農して　われが祖先は　刀捨てたる

一枚の　木の葉沈めて　黒釉の　色また醸成す　天目茶盌

攻め焚きを　終えて一刻　目をやれば　朴の若葉も　風にそよげり

柔らかく　手首つかいて　ロクロ師は　粘土揉みおり　菊練りという

神器徳利　日干せる間を　ゆくりなく　赤蜻蛉あまた　遊び舞いおり

ロクロ師は　足踏み続けて　土練れり　朝のひととき　陽のさす窯場

ゴンドラは　ゆっくり川を　渡りたり　恵那峡ランドで　孫とあそぶに

ちちろ鳴く　窯場広びろ　人気なく　古りたるロクロが　主(あるじ)待ちいる

『志野』『織部』　二冊の句集　残し得て　俳人白泉　逝きて七とせ

ロクロをば　前にし座せば　窓向う　四季の移ろい　発句に詠めり

手に重き　一升徳利を　ロクロ挽く　白泉大人（うし）の　ほそきその腕

雨上がりの　空晴れゆけば　富士の山　車窓にくっきり　しばし見とれる

山巓（さんてん）は　一片の雲か　かかりいて　遊子あそべる　富士はも楽し

茜さす　高根の山に　一すじは　窯のけむりか　淡く消えゆく

おおきバラ　ひたくれないに　燃えるなり　伊豆高原に　初日上れば
（静岡県　伊豆）

穏やかな　伊豆の海原を　白き船　水尾を引きつつ　波浮をめざせり

そのむかし　火をば噴きたる　三原山　いま九十九年の　初日のぼらす

初日の出　拝むともなし　見詰めおり　伊豆七島は　目交いにして

冬に咲く　アロエの花も　さかりにて　城ヶ島海岸　妻とあゆめり

円熟と　言うべきコトバは　汝が為に　あると思えり　絵筆冴えゆく
青山禮三（一九二三〜二〇一七）

いっぽんの　絵筆もて描く　古染め付け　あわきブルーの　兎走らす

頑張ったねと　言ってやりたし　一人孫　われらが一族　少子にあれば

二重丸　一つ増やして由香ちゃんの　一年生は　今日で終われり

少しずつ　積極性も　増しゆくと　教師の講評　うなずきて読む

赤志野の　燃える炎に　誘われて　「陶酔の道」は　ひとり往くなり

なにくそと　言わぬ許りに　一握の　もぐさ土をば　茶盌に仕上ぐ

茶わん展　あまたの中に　惜しむらく
「蔵志埜（おさむしの）」なし　何故か淋しき

傘寿とう　歳を迎えど　衰えぬ　筆のいきおい　磁器の肌えに

その薄き　藍の色こそ　古染め付け　ながき歳月　えがき続けて

夏休みに　入れば専ら　水泳ぎ　潜水・背泳　すこし出来ると

孫がつくる　手書き新聞　届きけり　クイズありせば　解かねばならぬ

一輪車　ようやく乗れれば　嬉しきか　百メートルは　すいすいと言う

三井寺(みいでら)の　鐘の音小さく　響きけり　由香子はママの　手をかりて撞く

ミシガンと　いう名の船は　外輪船　飛沫をあげて　岸はなれゆく

土岐川の　河原あゆめば　慟哭の　声ともいうべし　蟲鳴きはじむ

十八の　歳にて召され　あわれにも　病にたおれり　内地にあれど

弟・茂（陸軍二等兵）

おとうとの　墓をし洗えば　なにかなし　背をながせし　幼な日のこと

落ちるごと　下天にありて　満月の　光りかなしき　八月の夜

しばらくは　合わぬ間に　漢字あまた　九九など諳んじて　読みくれるなり

紅葉には　未だしと言える　一休寺　前のしじまを　友と訪う

「頓智」という　言葉はいまは　懐しく　一休禅師の　墓に詣でる

花すすき　少しく揺れて　寂けきか　枯山水の　庭をめぐるに

紅葉の　青山高原　なだらかな　丘をし連ねて　風立つらしも

温泉の　湯舟にあれば　幅せまきを　由香子たわむれ　泳ぎいるなり

朴の葉うら　少し返して　風立ちぬ　日めくりいつか　九月となりて

爺ちゃんも　白組だねと　わが頭　そっと撫でけり　運動会の日

あざやかに　トップをまもり　駆けゆけり　由香子颯爽　ま白き帽子

パパママの　許しを得たる　一人旅（ひとりたび）　由香子多治見の　駅に降り立つ

海原の　初日は既に　上りたる　神祇大社（しんぎたいしゃ）の　階段のぼれば

（静岡　伊豆高原）

あたたかき　真心こもれる　下着にて　喜寿の元日　ゆっくり迎える

（喜　寿）

平成の　伊羅保といわれる　幸兵衛の　空指す槍の　ざわめく肌は

（岐阜県オリベ賞の楯）

広重が　えがく赤富士　その肌に　幾何学文様　モダンに刻む

赤と黒　スタンダールを　偲ぶがに　洒落れた意匠の　梅花文茶盌

長谷寺（はせでら）の　牡丹をみしは　いつの日か　秋の夕べの　車窓にありて

薄墨める　奈良の山なみ　窓べにて　いまし畝傍（うねび）の　駅をすぎゆく

三輪明神　そびらに見えて　素麺（そうめん）を　干せる村あり　桜井ちかく

なにごとも　無くて平和な　ミレニアム　われ七十七の　誕生日なり

温泉の　湯舟にありて　上りゆく　ゼロゼロ年の　初日の出みる

ゆるやかに　疎水の水は　流れおり　さくらの花びら　筏つくりて

枝張りし　紅葉の古木を　傘となし　素十（すじゅう）の句碑あり　見る人なくに

（高野素十）

法然寺（ほうねんじ）　左上ルと　道しるべ　哲学の道は　半ば過ぎたり

（京　都）

講演を　始める前の　小半刻　哲学の道は　ゆっくり歩く

穏やかな　フォルムにあれど　豪気満つ　孝造茶盌は　織部黒なる
（人間国宝　加藤孝造）

闊達の　筆伸びやかに　ラスター彩　胡姫茶盌は　楽しくもある
（人間国宝　加藤卓男）

大き鳶　ゆっくり空を　舞いており　彼岸ざくらの　はや咲く上を

あたらしく　巣箱吊るせば　またたくに　目白来たりて　遊びいるなり
（多治見市坂上町）

春蘭の　直ぐなる葉群れ　あちこちに　小さな花芽　きそいて伸びる

たそがれの　堤あゆめば　蜩（ひぐらし）の　遠く近くに　鳴きはじめけり

嵐過ぎ　水量（みずかさ）増せる　川べりを　風に揺れつつ　月見草咲く

カナカナの　鳴き初めるを　待ちて咲く　月見草愛し　ゆうべ河原に

蓮の花　ことしは二輪　咲きにけり　施餓（せが）忌（き）法会の　すこし前にて

自立心　加齢と共に　備うるか　パパママ置きて　ひとり旅ゆく

お土産にと　多角紙鈴（かみすず）　小器用に　由香子つくれば　風に踊れる

夏来れば　手をば広げる　如くにて　朴葉いっせい　空を隠しぬ

惜しげなく　高枝鋏　持ちあげて　朴の葉おとしぬ　梅雨の晴れ間に

「すや西木」　栗きんとんも　出始めて　窓辺の恵那山　雲とあそべり

染め付けの　大き独楽（こま）たち　奔放に　転げて遊べり　口尖らせて

（吉川修身　美濃陶芸展）

うすみどり　海をおもわす　青釉の　長方大皿　銀波がさやぐ

上辺に　万葉紅葉を　散らしたる　正太郎志野は　多角形扁壷

（正神窯　林正太郎）

怪鳥の　翔びたつ姿か　その眼（まなこ）　明日の世紀を　見据えてやまず

（清山窯　河合武彦）

甲羅には　持ち主たるか　「澤千」と　書かれし亀を　由香子手掴む

孫

クッチイと　ニックネームで　呼ばれしと　由香子語れり　仲よき友か

くうやんと　われを呼びたる　友逝きて　既に半歳　いまに淋しき

（参議院議員　福間知之）

すすき野を　駆逐しいつか　占有す　背高泡立草は　撃ちてしやまむ

些かは　枯淡の境に　入りたるか　雅陶人土と　遊べるみれば

（雅山窯　中島正雄）

そのかみは　細き首しめ　モダンなる　タートルネックの　黒きシャツ慾る

真澄みたる　空一片の　雲もなし　シャガールならずも　なにか画かむ

葉落ちせし　樹林を己が　遊び場と　リスの番(つがい)は　初日浴びいる

俎(まないた)は　織部焼きにて　八本の　波うつ向こうに　怒涛きこゆる

あかがねの　赫(あか)き肌へに　目配りせし　四方花生け　誰れを待つらむ

そのむかし　紫式部も　仰ぎたる　今宵十五夜　瀬田の河原に

（滋賀県大津市）

滔(とう)とうと　李白を気どりて　酒酌めば　琵琶湖の空に　満月のぼる

たわむれに　指で彈けば　瀬戸黒の　茶盌澄みたる　音を響かす

手びねりの　素朴な味わい　例うれば　藁屋の土壁　白楽茶盌

みんなみを　指しゆく鳥か　鼠志野　茶盌の肌を　空としみれば

手にとれば　神座（まみま）すごとく　青冴えて　トルコブルーの　魅惑あやしき

栗鼠（りす）すこし　増えにけらしな　伊雄山（いおやま）の　わが山荘の　庭をしみれば

初日いま　伊豆大島の　いただきを　ゆっくり上れり　二〇〇一年

柏手（かしわで）は　木霊（こだま）すばかりに　打ちにけり　馬鹿と阿呆の　末世よさらば

ペルシァの　ミナイ手陶器を　偲ばせる　騎馬人物は　勇士と王女か

冷え枯るる　心しずかに　手の平で　温めむ草庵　雪夜茶盌は

み仏は　ゆたけき頬もち　その眼　われを惹きこむ　弥陀の光か

（人間国宝　加藤孝造展）

寂びいろの　孝造茶盌は　瀬戸黒か　半筒形に　こころ安らぐ

その肌は　少しざらめく　弥勒（みろく）像　土は久々利か　赤き陶板

大萱（おおがや）の　古窯址近きに　窯築く　心意気こそ　高くあるべし

み仏の　如く優しき　顔ならべ　わらべ三人は　額の真中に

蠟梅（ろうばい）の　匂えるさ庭に　目白来て　籠のリンゴを　啄（ついば）みている

エープリル　フール遊びを　楽しめり　懐石料理を　食べる間も

町辻に　窯出し市の　ポスターも　張られて花の　便り届きぬ

声あげて　中日連勝を　告げやらむ　柩（ひつぎ）の中の　君にしあれど

（一年先輩の東野可一氏逝去）

すこしずつ　友を失なう　歳となり　桜の咲くとき　またも一人を

おおき月　右辺にかかりて　萩揺れる　四方角鉢は　鼠志野にて
（若尾利貞展）

耳付きの　筒花生けは　古伊賀にて　深むらさきの　志野につくれる

やきものに　ふるき話を　採り入れる　温故陶彩と　言うべかりけり

梅の花　ヘラ逞しく　かき落とす　鼠志野茶盌の　力づよさよ

その色は　空に吸われて　ゆくべきか　トルコブルーの　飾り壷よし

忘れ雪　ひかりを浴びて　溶けむとす　危うきばかりの　赤志野茶盌

（林正太郎展）

二つ三つ　蕨芽を吹く　春景色　絵志野茶盌の　腰の張りよし

萩焼の　三輪休雪（みわきゅうせつ）とは　似て非なり　燃ゆる緋色が　白釉浮かす

朝焼けの　肌を背にせる　連山は　壷を巻きおり　涯知らずなり

扁壷なる　肩のあたりを　散らしたる　万葉もみじに　風の過ぎゆく

四本の　竹をば描ける　鼠志野　竹取物語の　構図よろしく

（若尾利貞展）

大鉢より　蜻蛉飛び立つ　如くにて　筆伸びやかな　鼠志野なり

金色の月は七分か　鼠志野　すすき穂ゆらして　風立ちにける

頑なに　安土桃山を　復元する　織部十作　技受けつぎて

青首の　色濃き緑釉　誘うごと　海老絵徳利は　海を慾りいる

飴釉の　よろけ茶盌は　面白し　酔歩のごとく　文様ながれて

（安藤光一展）

小ぶりなる　杯なれど　穏やかな　三彩色絵　手にぞ和めり

水差しは　小形にありて　三島彫り　ヘラこまやかに　刻みゆくなり

鎧櫃（よろいびつ）　モチーフにありて　飴釉の　香炉は斬新　目をば凝らしむ

「或る女の記憶」とう　陶板みて思う　明治の文豪　有島武郎（ありしまたけお）を

さくら灰　釉とし使えば　かにかくに　隆治茶盌は　柿織部なる

（美和隆治）

大胆に　見込みを割きて　一本の　菖蒲えがけり　柿織部茶盌

筍絵は　すっくと顔を　のぞかせり　織部茶盌の　窓をば占めて

あるが儘　わらび萌えたつ　春景色　柿織部茶盌の　窓の明かるさ

定期便の　如くに夜明けと　ともに来る　目白可愛いし　いぞき餌置く

煙突の　けむりま直ぐに　上りおり　ゆうべの富士は　華やかにして

富士川の　鉄橋いまし　渡るとき　秀麗富士は　車窓にひらく

大き鳶　ゆっくり舞いて　いたりけり　夕焼け富士を　背の景色に

小室山　麓いろどる　つばき園　風立ちおれば　人疎ら（ひとまば）なり

「おい」「お前」　共に学びし　陸士予科　寝台戦友は　上野貞義
（妻の兄・安江賀明）

やきものを　売る生業は　そこそこに　蓼科高原の　自然を愛す

爆ぜる日は　いつかと不安の　気を静め　年賀の挨拶　短歌につづる

山深き　白川郷は　茶の産地　白き花咲く　きよき古里

黄落の　秋にさそわれ　逝きしかば　極楽浄土は　紅葉狩りおる

しめやかに　弔辞を読むのは　戦友か　一字一語は　消灯喇叭ぞ

檜材　用いて一級　建築士の　つくれる鳥籠　わが家の自慢か

輪切りせし　一つの蜜柑　啄める　つがいの目白　仲もよきかな

そのからだ　未だ幼なく　小さかり　されば姉妹か　朝毎に来る

黒織部　蜻蛉はまなこ　下に向け　なにを思うや　身をも屈めて

思い出の　中にしか会えぬ　弟よ　十八歳で　召され逝きたる

（弟・茂（一九二七〜一九四五）陸軍二等兵）

その巨き　溶岩庭に　鎮座して　由香子はそっと　手触れけるかも

（伊豆高原・山荘）

大室山　噴火の証しと　いうべきか　巨き溶岩　わが庭にあり

やきものの　談議を肴（さかな）に　斗酒（としゅ）辞さぬ　泥人グルッペ　明日を語りて

「兄妹は　仲よきかな」を　地でゆくか　わらび狩りには　誘われるなり

その余生　蓼科山に　庵（いおり）して　孫らと遊べば　楽しきものを

いっぽんの　跳ねたる線と　点二つ　公案（こうあん）解くべし　黒織部茶盌

焦（こ）げるごと　鉄絵でえがく　筍（たけのこ）の　絵志野茶盌は　力みなぎる

手の平に　そっと馴染みて　温かし　玉置保夫（たまおきやすお）の　志野の茶盌よ

言うなれば　今様パッチ　ワークとも　抽象文様　オリベの方壷（ほうこ）

今織部と　誰れもが認める　大胆な　色面構成　破調おそれず

代赭色（たいしゃいろ）　鮮やかなれば　織部釉　渦巻き流れり　長方大皿

方形の　香炉がっしり　腰張りて　草の葉数本　透かし彫られり

ひむがしに　豊旗雲（とよはたぐも）の　湧くる日よ　皇孫殿下　お生まれにけり
敬宮愛子内親王ご誕生を祝い詠む　（朝日新聞・短歌入選）

無作為に　紅葉散らせる　赤志野の　大鉢逞し　なにを盛らむか

さりげなく　キャンデー数個　爺様の　手には載せたり　由香子やさしく

じゃあねとう　言葉残して　電話きる　由香子の声の　乙女さびゆく

一合の　酒も嗜まず　その弱き　身体酷使し　父ははたらく
（父・力太郎（一八九八〜一九四五）への追憶）

大竹へ　入団するとて　名駅頭　手振りくれしが　終（つい）の別れぞ

六弁の　花の先端　赤みおび　酔芙蓉銘の　織部の壷かな

幾何文を　巧みにこなせる　花生けは　「今織部」とう　名にぞ相応(ふさわ)し

真澄みたる　空どこまでも　青深く　「愛」は尊い　人道の丘

杉原千畝短歌大会入賞（岐阜県八百津市）

バイバイと　言いしは幼き　日のことか　門扉の奥で　そっと手を振る

風の日は　朴葉次ぎつぎ　散りゆきて　P・エルレエヌの　「落葉」口誦む

労働者の　貧しき身体で　覚えたり　少年の日の　おのが体験

（父・力太郎）

メーデーの　列には入れず　歩道にて　ついてゆきたり　足わるき父

そのかみは　赤塚とう地名は　悲しかり　瀬栄陶器で　父・子はたらく

下石町　疎開の家にて　終戦を　待たずに逝きたり　歳わかき父は
（一九四五・七・十五　四十七歳）

貧しさを　見よと許りに　工場の　小暗き片隅　父の職場か

その大き　力太郎とう名に　ひしがれて　父の生涯　貧しくかなし

県知事が　名づける薔薇の　ロゼビアン　鮮赤色に　燃ゆる花なり
（岐阜県知事・梶原　拓）

これ以上の　真紅の色は　ないと思う　ロゼビアン名の　薔薇を目にして

華やかな　色にしあれば　染め付けの　大き花瓶に　盛りてこそ良し

白釉は　かすかに浮かびて　梅の花　鼠志野茶盌は　午後の静けさ

（吉川博治）

南国の　燃ゆる太陽　背に浴びて　カムチャ畑に　家鴨（あひる）とあそぶ

（台湾追憶）

ざわわとう　沖縄の歌を　聞きてより　戎衣（じゅうい）にありし　台湾恋うる

手にとれば　ひたくれないに　燃ゆるもの　保夫茶垸は　心ぬくもる

（玉置保夫作陶展）

雨漏りは　せぬほどでよし　五合庵　良寛和尚を　偲ぶオブジェ

傘寿とう　歳はおのずと　人生の　「たそがれ清兵衛」　ときを愛しむ

雲一つ　飛ばすことなく　青空に　威風堂堂　富士は鎮座す

空を背に　凛と裾野を　広げたる　正月富士を　車窓に仰ぐ

はんなりと　春よぶ花は　紅梅か　雅山茶盌は　初釜によし

（陶芸作家　中島正雄）

賑やかに　回転木馬　廻れども　小五の由香子は　興味しめさず

紅岩も　天祐稲荷も　間近にて　鳥の目のごと　川面見下ろす

観覧車　ゆっくり回れば　遙かなる　恵那山いまだ　雪残しおり

旬日（じゅんじつ）も　待てばさくらの　咲くものを　里山恋いしか　目白帰れる

上弦の　月はアンニュイ　春の夜よ　なんじゃもんじゃの　花は真白に

織部四方　まないた皿に　渦描けば　四十年は　ゆめの如しか
（玉置保夫作陶展）

掻き落とす　図柄は秋の　野葡萄か　赤志野壷の　座りよろしく

侘びという　言葉わすれて　傾（かぶ）けとか　今織部方壷は　風のかさなり

大き花　開くがごとき　赤志野の　大鉢いっぱい　紅葉散りおる

花筏　パステル画のごと　装えば　シンセサイザーの　歌に揺れいる

不況風　払うが如く　大き声　われの卓話に　拍手は止まず

今朝がたは　湧きし狭霧も　消えゆきて　朴の広葉は　風に泳げり

満月に　心奪われ　いたりしか　蕪村のうたも　しばし忘れて

「月天心貧しき町を通りけり　蕪村」

朝めざむ　ときに言葉の　生れにせば　天に夕顔　咲くがごときか

鈴かけの　道をあゆめば　夜も緑　波郷の句の　さびしさ思う
「馬酔木」石田波郷（一九一三〜一九六九）

春雷は　爆ぜるが如く　鳴りにけり　イラク戦争　終えし朝を

マロニエの　赤き花噴き　Ｍａｙは来ぬ　隣家の鯉幟も　風に泳ぎて

川べりに　黄色き花の　咲きおれば　待宵草と　誰れか言うなり

燦さんと　降りいる陽光　背に浴びて　薔薇園めぐる　午後のひととき

辰之の　朧月夜の　館めざす　野沢温泉の　午後の陽きびし
高野辰之（一八七六〜一九四七）

温泉の　湯気たちこめる　麻釜(おがま)にて　時雨にあえば　玉子は食べず

浴衣にて　路傍の足場に　母と娘が　あそべるみれば　心たのしき

二条城　うぐいす張りを　渡るとき　声を落として　耳立てにけり

その細き　指もて手描き　せられたる　友禅斎像は　手ふれる所に

滝水は　強く一筋　流れ落つ　天の岩戸は　禊(みそぎ)場なるも

（伊　勢）

山清水　さやかに流れて　いたりせば　沢蟹たちも　水潜(くぐ)りおる

その大き　鰧（おこぜ）が捕れたと　生け作り　容貌魁偉（ようぼうかいい）と　言うべかりける

土岐川の　せせらぎ昔と　変らじな　夢窓国師を　偲ぶたそがれ

焼け落ちし　本堂跡も　ブル入りて　山砂敷けば　再建はいつ

自然石の　小さく丸き　石に彫る　高田早苗（たかたさなえ）の　歌は残れる

高田早苗（一八六〇〜一九三八）

紅葉狩ると　心字が池を　巡るとき　翡翠（ひすい）すばやく　魚を捉えり

傷心の　われに冷たき　冬の雨　降りますことなし　止むこともなし

萬福寺　参詣すませば　普茶料理　白雲庵にて　友と囲めり

雲一つ　遊ぶことなき　秋の空　宇治平等院の　鳳凰仰ぐ

五十鈴川　さやけく流れて　いたりけり　もみじ葉追いて　鯉も泳げる

波しぶき　返して少し　風立ちぬ　二見が浦に　妻と来つれば

蕗の薹（ふきのとう）　すこしく増えて　芽吹きけり　わが家の庭も　春の訪れ

ぼんぼんと　正午を知らす　音響く　サトウ時計店の　前をとおるに

点一つ　重ねかさねる　点描画　わが処女画集は　世に問わむとす

（点描画集『オリベ焼一〇〇選』出版）

マロニエの　花噴く五月は　颯爽と　デモを指揮せり　赤き鉢巻

（回　顧）

朝焼けの　富士を窓辺に　目ざめけり　ゆうべの酒は　すこし残りて

憂鬱の　文字を求めて　辞書をひく　こころ空しき　日々がつづけば

講演を　たのまれ関市（せきし）を　訪（おと）なえば　絵地図たよりに　市役所さがす

何故に　寺多かりき　関のまち　南無阿弥陀仏の　声も洩れいる

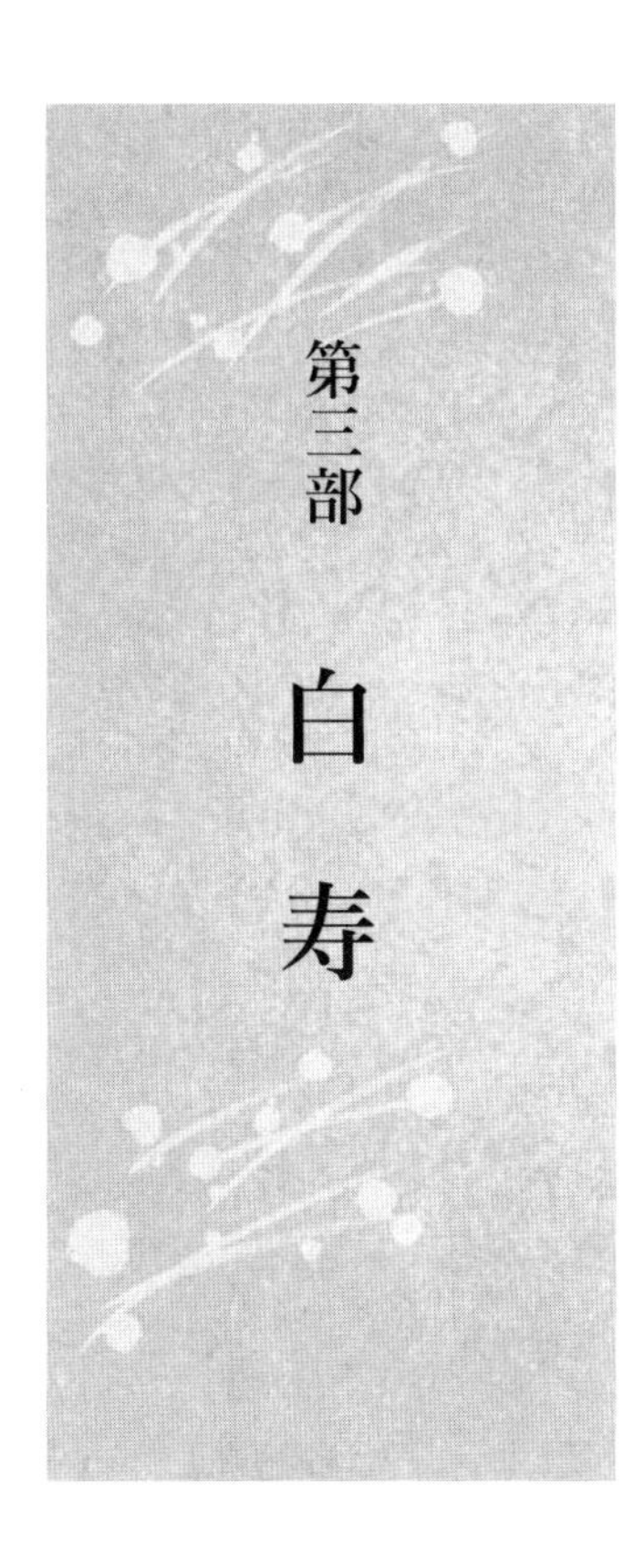

# 第三部　白寿

利休忌を　家にしあれば　一盌（いちわん）の　茶をばささげむ　春まだ浅し

春を待つ　ひとの心に　巡りくる　利休忌かなし　梅の花散る

海よりの　霧立ちのぼる　伊豆高原　きょうは大島　見えず隠ろぅ

たそがれの　短かきときを　蜩（ひぐらし）の　鳴きやまずして　山は暮れゆく

すこし許り　染井吉野に　遅れ咲く　鬱金（うこん）桜は　坂を遮（さえぎ）る

シデコブシ　万朶（ばんだ）と咲けば　躍るごと　青澄む空に　風とあそべり

水張れる　田の面は夕焼け　染まりいて　鷺(さぎ)の番(つがい)が　さびしく佇む

少しずつ　サプリメントの　粒増(つぶま)して　傘寿の峠を　われは越えゆく

遙かなる　浅間(あさま)高原へ　ドライブす　彫刻の丘を　あるく午後なり

そよと吹く　風にしあれば　花びらは　すこし揺れおり　酔芙蓉(すいふよう)の花

爽やかな　台風一過と　思うべし　青澄む空は　一片の雲

朝夕は　啄木鳥(キツツキ)来て鳴く　マロニエの　樹幹にあれば　虫も捕らえる

ようやくに　宮城野萩（ミヤギノハギ）の　花咲きて　秋を告げおり　けさは涼しき

額縁に　窓を見立てて　宮川の　花火見て過ぐ　ビール酌みつつ

いつまでも　弟は十八　戦病死　今生きおれば　喜寿を過ぎるに

少年は　奔馬（ほんば）のごとくに　あるべかり　わが青春を　思いいだせば

一斉（いっせい）に　金木犀（きんもくせい）の　花噴きて　秋よぶ香りか　庭に立つれば

秋刀魚（さんま）焼く　春夫の歌を　君知るや　大正・昭和も　遠くなりけり

慰めて　また励ましつ　続けたる　織部探究　既に幾とせ

オカリナは　秋のこえなり　その故か　誰が吹く曲も　「荒城の月」

四時間の　講演終えて　一杯の　ビール飲みほす　なんと美味しき

少年の　日にして我等　創りたる　同人歌誌は　「樹海」と呼べり

平成の　へうげは少し　モダンなり　今織部茶垸は　黒の掛け分け
（玉置保夫展）

たなごころ　馴染める肌の　温かく　乳白釉の　手ざわりの良さ

鐵志野（てつしの）と　言うべき名をば　与えたし　鋼（はがね）思わす　茶垸にあれば

千鳥（ちどり）啼（な）く　荒磯の浜に　子と遊ぶ　良寛和尚（りょうかんおしょう）の　五合庵（ごごうあん）は此れ

赤志野の　梟（ふくろう）は手許（てもと）に　置かるべし　智慧をさずかり　幸福を呼ぶ

渦潮は　鳴門（なると）の海を　思わせて　織部額皿は　魚を跳ねさす

見詰めれば　手にして　やらむと　思うなり　赤志野茶垸の　まろき柔肌

野葡萄の　一枝をえがきて　清楚なり　赤志野花生は　座りよろしく

幾何文様　巧みに生かして　方壷とす　今織部ならば　何の花挿す

さりげなく　白釉かさねる　連山を　追うて一刻　楽しむべきか

月桂冠　一合カップで　酔いにけり　三時間講演　終えて帰るに

明け六つの　鐘のひびきに　目覚めけり　わが家の西は　浄念寺なり

うろこ雲　空一面に　広がれり　彼岸ざくらの　咲ける朝（あした）よ

庭すみの　蕗(ふき)の薹(とう)みどりの　顔みせて　あちこち芽吹く　春来るらむか

伊豆の国　小室山にて　拾いたる　実生の椿は　おおき紅花

確かりと　ワープロ活字で　拵える　由香子の賀状　大人さびゆく

さりげなく　今朝は一盌　捧げたし　織部屠腹が　夢にたつれば

五十鈴川　さやけく流れて　いたりせば　真鯉や緋鯉　群れて泳げり

山頂に　雪を置かざる　冬富士を　珍らしと見る　少しさみしき

あたたかき　伊豆高原の　山小舎で　年を越したり　雪降る岐阜よ

耳鳴りは　生きてる証し　何よりも　苦にしてならず　連れ添うべしや

川べりの　柳芽吹ける　夕暮れは　かなしきまでに　風わたりゆく

つれづれに　『国家の品格』　読みおれば　かかる世相は　誰れがつくれし

茄子ピーマン　瓜また捥(も)ぎて　子に送る　宅配便は　昨日も今日も

いよよ咲く　隣家の笹百合　朝ごとに　見つつ楽しむ　人待つごとし

濁(にご)り酒　にごれる飲みて　思うなり　岩村城址に　女城主を

御衣黄（ぎょいこう）と　いうべき雅称（がしょう）　教わりて　鬱金（うこん）桜を　仰ぐひととき

花吹雪　聖母子像を　かき消して　春のあらしか　修道院の庭

ハモニカに　代わりてギターの　音聞こゆ　朧月夜（おぼろづきよ）の　道をあゆめば

実篤（さねあつ）が　「仲良き事は　美しき」と　記せし言葉は　座右銘によし

夏うぐいす　遠くで鳴ける　五十鈴川　お木曳「連」は　川のぼりゆく

遷宮を　控えて御奉曳の　連つくる　真白木綿の　法被（はっぴ）すがしき

五十鈴川　エンヤの掛け声　木霊して　お木曳連は　わかものたちぞ

わん鳴りの　音を合図に　木遣（きや）り唄　お木曳の列は　五十鈴川ゆく

生憎（あいにく）に　剣（つるぎ）岳は見えぬ　さり乍ら　室堂平の　雪渓ま白し

黒部湖は　ガルベで巡る　夏の日よ　赤沢岳を　目交（まなか）いにして

秋風は　時をば迎えて　変わらざり　今年も木犀の　花が香れば

なつかしく　森永キャラメル　口にして　寺庭あるく　建仁寺（けんにんじ）なり

すこしばかり　ビール口にし　気楽なり　拙著のとびらに　歌を書きゆく

どことなく　幸せ秘める　青織部　ふくろう殿に　知恵をいただく

姥口(うばくち)の　厚き黄瀬戸は　ぐい呑み手　冷え枯れおれば　濃い茶欲るなり

忘れ雪　とでも言うべき　乳白釉　色のやさしさ　志野の茶垸よ

書き上げて　一休禅師を　顧みる　「茶禅一致」の　ことわりも又

縁側で　夢窓つくれる　庭をみる　秋日落ちゆく　等持院(とうじいん)かな

清正が　築城せしとう　熊本城　ライトアップに　むかしを偲ぶ

少しずつ　秋の気配の　風立てば　コスモス揺れる　けさの狭庭は

御粽司　「川端道喜」の　老舗をば　たずねて取材す　秋の一日を

一条の　無作為の筋の　折れるとき　翁(おきな)さびたる　黄瀬戸茶垸は

平成の　井戸三十郎と　申すべし　今織部茶垸の　幾何文みれば

赤志野の　大壷なれば　伸びやかに　野葡萄風に　揺れてあそべり

もののふが　胡座するごと　腰張りて　力みなぎる　鼠志野茶垸

井戸茶垸　茶だまり浅く　青澄めり　今織部ならば　薄茶点前か

ちょっとだけ　口尖らせて　酔芙蓉　オリベ壷なら　野の花待ため

大胆な　フォルムに加えて　その色調　破格といわむ　今織部なり

混迷の　世を改めむ　剣(つるぎ)とも　渦潮さかまく　織部陶額

まろやかな　織部壷にて　窯変は　大きく弧をかき　山を成したり

その厚き　乳濁釉に　見えかくれ　火色散りばむ　志野の陶筐

八幡港に　年越し花火　揚がりけり　テレビはいまし　除夜の鐘つく

大島は　波浮（はぶ）の港　あたりから　初日のぼれり　六時五十一分

白鷺も　足湯たのしむ　昼下がり　流し湯とぎれず　落ちる瀬にして

ちらほらと　十月桜　咲きにけり　「さくらの里」は　小春日和か

「東風（こち）吹かば　匂いおこせ」と　口誦（くちず）さみ　石の階段　ゆっくり上る

ちさき絵馬　合格祈願の　願いごと　届けとばかりの　大き文字あり

さくら咲く　田丸城址を　訪ねなば　城主はなんと　久野丹波守

荒海の　向こうは佐渡か　五合庵　潮かぜ朝より　芭蕉葉ゆらす

小六を　終えて働きに　出でにける　姉の生涯　長かりしかな
（姉・山脇登美子）

指先に　印刷インク　染みしまま　姉は帰宅す　解版工なり

梅雨入りは　今日か明日かと　思うとき　紫陽花（あじさい）の花は　色変りする

雨しとど　降りいる朝を　名古屋城　猿面茶屋（さるめんちゃや）にて　織部忌まつる

坂のぼる　人も楽しき　わが庭の　真白き木蓮　咲きにけるかも

そのペンは　『男子の本懐』と　言うべきか　城山三郎　硬派の文学

緑寿という　匠の息吹き　溢れたる　赤志野茶坑に　心うばわる

（玉置保夫作陶展）

むら雲は　かすかに流れ　遊ぶかな　鼠志野茶坑の　焦げも沈みて

面白き　片身替わりは　しあわせと　知恵をば運ぶ　織部ふくろう

大夕立　過ぎたるあとの　森にして　蟬鳴きはじむ　浄念寺坂
（岐阜県多治見市）

ゆっくりと　芦の湖めぐる　遊覧船　赤き鳥居は　箱根神社ぞ

平成の　玉虫厨子（ずし）を　つくらむか　中田金太は　半ばで逝ける

確かりと　梅雨のあめ降る　名古屋城　さくら葉おもく　垂れて小暗し

遙かより　川中島は　のぞむべし　姥捨山の　坂くだりつつ

姥捨は　「田毎の月」の　名所なり　窓べにみつつ　長野へ向かう

黄金なす　稲穂たわわに　波うちて　伊勢の平野を　「近鉄」はしる

例うれば　牛の背のごと　なだらかな　山巓(さんてん)持てる　恵那山なれは

神秘とでも　いうべき湖面は　深緑　毘沙門沼の　淵をめぐりぬ

秋の日の　黄昏(たそがれ)きょうも　美しき　夕日の彼方は　極楽浄土か

天下一の　陶工めざして　腕みがく　加藤亮太郎　さび黒茶盌
（幸兵衛窯）

蓮台寺　柿の実れる　畑にして　蜻蛉舞いおり　残暑の夕べ

野田山の　奥つ城所　曼珠咲く　「豪姫」墓を　さがし詣でる
（石川県金沢市）

満月に　向いて衛星　かぐや飛ぶ　スリーダイヤを　胸にきざみて

一斉に　蜂起（ほうき）するごと　曼珠沙華　彼岸の朝を　咲ききそうなり

湯けむりは　空に靡（なび）きて　雄々しかも　大涌谷へ　ＢＷで上れば

伊雄山に　霧立ちのぼる　山荘は　見えず隠ろう　年の暮れにて

墨彩に　ヒントを得しと　幸兵衛が　生みたる銹彩（しゅうさい）　双耳壷（そうじこ）よろし
（幸兵衛窯）

その肌は　紫沈めて　奥ゆかし　銹彩茶盌は　すこし小振りか

鍵盤に　十指はおどりて　跳ねりけり　中村紘子は　ショパンを弾きぬ

川北の　鳶ゆっくりと　舞いている　恵那山きょうも　晴れておらるや

少しばかり　元気だからと　奢(おご)るなよ　八十五歳は　人生たそがれ

よき土に　出合いて練り込み　成功す　庄六賞は　黒織部茶盌

（玉置保夫）

ゆっくりと　初日昇るを　見たりけり　八十五歳を　迎える今朝は

そよ風に　そぞろ散りくる　桜花　われに何やら　語りくるらし

そのむかし　織部大橋　架かるとう　土岐の川べり　やまざくら咲く

彼岸過ぎ　目白は山へ　帰りけり　わが家の庭も　けさはさびしき

花すこし　吹雪（ふぶ）ける宮川　堤にて　弁当ひろげぬ　われら四人は

紘子ひく　ショパン前奏曲　弾みたり　サラマンカホール　外は雪にて

（中村紘子）

河鹿（かじか）鳴く　阿庄（あしお）川べり　急ぎたり　軽便鉄道　汽笛ならせば

（回顧・土岐市下石町阿庄）

貧しくも　家族ら阿庄に　疎開せり　空襲さけて　名古屋をあとに

かにかくに　阿庄は恋し　戒衣捨て　われが戦後の　一歩踏む町

夕日落つ　彼方は比島（フィリピン）と　いうべきか　ガランピイ岬は　電探基地なり

（台湾戦記・華麗島）

蝸虫（カタツムリ）は　道を狭（せば）めて　大移動す　そこを担いて　われら手摑む

今にして　思えばＡ４　ガリ版の　「寿山新報」　よくも売れたり

たわむれに　帰国占う　狐狗狸（コックリ）さん　油揚げ二枚　供えてただす

バシー海峡　見下ろす丘は　七七機銃　きょうも火を噴く　弾丸尽きるまで

陸軍は　猫鼻頭（マオビトウ）陣地　砲ありて　ときに轟音　空にひびける

グラマンの　編隊空を　占めりけり　戦友（とも）と指折る　百は越えたり

震洋（しんよう）と　名付ける　水上特攻隊　きょうも暴れる　高雄（たかお）の町にて

マンゴーの　青実落として　塩漬けす　内惟（ない）送信所は　山住みに似る

くろがねを　思わす程の　錆黒か　花を待ちいる　尺の大壺

（玉置保夫作陶展）

練り上げの　志野の茶垸を　手にとれば　濃い茶欲るなり　昼のひととき

丸壺の　景色は焦(こ)げと　胴締めか　枯淡を味わう　黄瀬戸ならでは

おりべ壺　口を開けば　花びらか　芙蓉の花の　やさしさ写す

濃い茶には　白餡(しろあん)饅頭　おもしろし　鉢は黄瀬戸よ　明日は織部か

絶筆は　「ありがとう」と　書作展　篠田瀞花(しのだせいか)の　人柄偲ぶ

伝統の　黄瀬戸に挑む　大三郎　あぶらげ肌に　胆礬(たんばん)おどる

（鈴木大三郎）

型に入り　型をば出ずる　狂言師　野村万之丞　伎楽をのこす
（第一回織部賞受賞）

『へうげもの』　漫画本売れる　織部忌や　猿面茶室で　献茶すませり

すこしずつ　わがイラストも　認めらる　点描(てんびょう)画法は　独学なりき

時折りは　商品券を　送りやる　由香子のファッション　見るが楽しく
（孫）

雲の間に　夕富士僅かに　見ゆるなり　新幹線は　上りにありて

那智黒(なちぐろ)の　飴玉ひとつ　口にして　きょうも旅立つ　リュック背に負う

なにほどの　価値あるものかは　分らねど　やきもの好きで　歌をつくれる

川魚を　啄む事なく　鷺立てり　汝は不漁か　われも腹空く

早起きは　三文の徳と　たれか言う　ミニトマト捥ぐ　朝はすがしき

木に化けて　また耳立てて　聞くべかり　夏鶯の　声の一ふし

ケイタイは　悲しき玩具か　只管に　親ゆび一つ　動かすばかり

その大き　手故に「拳」と　名付けたる　緒形拳逝く　七十一歳

古伊賀をば　偲ぶロクロ目　なだらかに　拍子木耳か　黄瀬戸花生け
（玉置保夫作陶展）

荒海は　千鳥もねむれ　渚べの　五合庵ともしび　揺れいるばかり

古武士なら　ぐいと飲み干す　濃い茶なり　織部茶垸の　逞しきかな

渦巻の　底いは抜けて　跳ね上がれ　大魚はここに　織部俎皿（まないた）

なにかなし　苦しいときの　神頼み　お伊勢詣での　賑わいをみる

晩秋の　名残りの茶席で　好まれし　金繕（きんつくろい）は　赤志野香炉

ふっくらと　乳白釉（にゅうはくゆう）は　あたたかく　きみが手の中　志野の茶垸よ

枯れ寂びを　横一すじの　胴紐に　秘めてゆかしき　黄瀬戸茶垸は

草の葉は　食（は）み出す如く　吹かれいる　赤志野壺の　立ちのよろしさ

一つより　二つ三つと　限りなく　知恵と幸せ　はこべよ　梟（ふくろう）

大室山　さくらの里を　散策す　十月桜は　ちらほらと咲き

（伊豆高原山荘にて）

伊豆下田　寝姿山に　上（のぼ）りたり　愛染明王　拝（おろが）み奉（まつ）る

青空を　キャンパスとして　百合鷗　ゆっくり舞いおる　鳥羽の白浜

福寿草　姉妹ふやして　咲きたれば　ゴッホの黄は　春の饒舌（じょうぜつ）

淡墨の　さくらの歌を　作詞せり　この歌またも　メロデーが良し

（かとう　ゆきこ作曲。岐阜テレビで放映）

雲ひとつ　遊ぶことなき　ブルースカイ　国府宮（こうのみや）詣では　小春日和で

はてしなき　空の彼方ゆ　卍（まんじ）風　舞いまい降りる　織部四方皿

（玉置保夫作陶展）

椀（わん）なりの　織部茶垸は　練り込みぞ　今織部と言うは　まさに正鵠（せいこく）

おりべ釉　滴垂らして　風雅なり　壷口は大きく　花は溢れむ

ロクロ目に　似せて掻(か)きたる　筋跡が　景色をつくる　黄瀬戸花生け

すこし許り　背丈違えば　兄妹か　梟(ふくろう)殿には　知恵と幸せ

くろがねを　思わす程の　焦げみせて　赤志野茶垸は　武家の胡座居(あぐらい)

淡き雲　はんなり流れて　ゆきにけり　保夫茶垸(やすおちゃわん)の　やさしさ此処に

四方皿を　キャンパスとせば　野の草は　風吹くままに　跳ねるが如し

赤志野の　香炉の蓋は　おりべ帽　とでもいうべし　すこし剽軽（へうげ）か

その口は　小さくすぼめ　一輪の　花呼ぶ風情か　赤志野の壷

たわむれに　風も遊びて　渦つくる　織部四方皿　春を呼ぶかな

一閃（いっせん）の　筆の運びは　波の穂か　佐渡の海かも　赤志野四方皿

たまゆらは　香の匂いに　和まれむ　心やすめる　織部香炉よ

まろき肌　果実おもわす形にて　つまみはV字　黄瀬戸色よし

いにしえの　甕（かめ）に似せたる　胴締めは　黄瀬戸壷なり　花を待つべし

青竹の　「粋（いき）」を思わす　総織部　たて縞（しま）なれば　刃研ぐがごとし

これぞ此れ　世紀をひらく　今織部　方壷（ほうこ）は大胆　破格というべし

黄瀬戸肌　ぼかしにあれば　穏やかに　姥口（うばくち）あけて　花待つらむか

平城山（ならやま）の　坂道上れば　竹林の　多くを削れり　声あぐべきや

防府（ほうふ）とう　町懐しく　思うなり　防通校六十　九期生われ

そのむかし　防通校で　鍛えけり　一分百字の　電鍵（キイ）たたく

青空を　鳥飛びたちて　ゆける見ゆ　ああ平城山を　追われゆくごと

なによりも　黄瀬戸がよろし　高杯で　こよいは酌まな　満月なれば

食前の　酒にしあれば　辛口を　良しとはいわめ　山田錦よ

ゆっくりと　忍野八海（おしのはっかい）　めぐりけり　岡田紅陽（おかだこうよう）　館をあとにし

（富士五湖めぐり）

コスモスの　花まだ咲きて　いたりけり　平城山（ならやま）の道　ビルの隅にて

なだらかな　起伏つらねる　平城山の　かたち崩して　ブル駆けめぐる

ガンバレと　後輩たちに　檄(げき)とばす　電機連合　ＯＢわれは

今日よりは　庶民の目線で　事決めよ　民主党政権　期待の中ぞ

その昔　「友愛精神」　われら説く　フェビアン思想　労組に入れむと

三菱も　衆・参二人の　議員出て　平成維新は　民主の風か
（電機連合）

爺(じい)さまの　道楽などと　ヤユされし　政経塾出身　政府の中枢
（松下政経塾）

月見草　コップに活けて　眺めけり　はかなき花の　いのち思いて

マニフェスト　翳(かざ)して闘う　民主党　政権交代　かちとりにけり

オバマ説く　チェンジの風は　海越えて　民主党政権　生みにけるかも

なによりも　二大政党　制つくる　小沢一郎　剛腕すごし

五十鈴川　さやけく流れて　いたりけり　宇治大橋も　架けかえられて

檜香の　ひそかに匂える　宇治橋を　妻としわたる　秋晴れの日よ

遷宮を　控えて宇治橋　架け替える　十一月三日　渡り初めなり

四季ざくら　彼岸桜　とも言えり　正月前に　既に万朶か

なによりも　「楷書の人」と　いうべかり　書家舜山の　生きざま見れば

（船戸舜山）

風に散る　落葉に添えて　言うならば　自民再生　初心にかえれ

さくら花　咲き誇りいる　中なれど　小鳥らあそぶ　朝にぎやかに

正月を　前にし万朶の　花咲かす　定年記念の　四季ざくらなり

どっしりと　胡座居するか　腰張りて　鼠志野茶垸　濃い茶のぞめり
（玉置保夫作陶展）

たわむれに　指もて彈けば　響きあり　あらがねならぬ　鼠志野茶垸

いのちある　土にしあれば　応うなり　手捻りつくる　今織部茶垸

無作為に　横縞いれたる　織部筒　伊賀風なれば　耳を付けたり

端正な　心でうたう　漢詩文　蛭川村に　石碑でのこす
（船戸舜山）

かたくたな　沽の固さは　近衛兵　若き日にあり　矜持まもれり

口数は　少なしされど　心（しん）つよし　誠実一路の　卒寿でおわる

たおやかな　女の頬か　綿雲か　手ざわり優し　志野の茶垸は

（玉置保夫作陶展）

白壁の　町練りあるく　古川の　「起し太鼓」は　男のまつり

ゆるやかに　鳶が輪をかき　遊びいる　比叡の峰を　おのれ背にして

黄砂去り　スカイブルーの　青空が　雲間にのぞく　比叡の山なみ

「磨墨（するすみ）の歌」をば今し　奉納す　羽黒興善寺（はぐろこうぜんじ）　梶原忌（かじわらき）なれば

木曽殿と　背中合わせを　願いたる　芭蕉塚きょうも　時雨降りいる

大津市（膳所・義仲寺）

太鼓うつ　さらし姿の　若衆は　背中あわせて　夜空に叩く

（飛騨・古川町）

本はこれ　すべて紙碑なり　されば尚　おのが自費にて　詩史を編むなり

（『中部日本の詩人たち』全三冊）

一篇の　短かき詩でよし　心うつ　なにかが欲しと　詩誌をめくれる

薄っぺらな　同人詩誌に　拠りて立つ　ローカル詩人の　生涯残さむ

大比叡の　峰を背にして鳶舞えり　秋の一日は　長閑（のどか）なるべし

稲刈りを　終えたる田圃の　畔にして　一斉蜂起か　曼珠沙華咲く

朴葉切る　高枝鋏　音冴えて　梅雨の晴れ間を　友は急げり

朴葉ずし　ことしも振る舞う　人ありて　朴葉落とせり　百枚すこし

さくらんぼ　佐藤錦の　銘となる　きみが故郷　寒河江（さがえ）という

（佐藤經雄）

十年の　歳月かけて　書きあげし　われらが先輩　二十五詩人

古里の　田圃に並ぶ　藁塚を　偲びて置かむ　赤志野香炉

攻め焚きの　炎は既に　千度越ゆ　瀬戸黒茶盌は　いまし生まれむ
（岐阜県歌人クラブ記念大会・岐阜県知事賞受賞）

比叡より　比良に連なる　峰すべて　雪に鎧うる　大晦日なり

いつの日か　喝采信じて　歌詞つくる　メロディそれは　姪が受けもつ

思うには　米寿というも　一里塚　嬉しくもあり　嬉しくもなし

少しずつ　視力おとろう　歳にして　このかなしみは　告ぐべくもなし

草の葉は　揺れるともなし　風もなし　赤志野方壷は　姥口づくり

雪止めば　ペルシャブルーの　空青く　恵那山（えなさん）・御嶽（おんたけ）　うかぶがに見ゆ

福寿草　咲き綻（ほころ）びる　庭にして　鶫あそび来る　春のあしたを

はしけやし　淡墨さくら　咲きたれば　「ありがとう」さんと　言葉かけたし
（淡墨さくら樹齢一五〇〇年）

誰が撞ける　三井寺の鐘　木霊して　ゆうべの湖は　雪が消しゆく

わが頬を　打つはきびしき　比叡颪（ひえおろし）　比良八荒（ひらはっこう）を　待つべかりけり

びわ湖畔　セカンドハウスと　気負えども　米寿にあれば　老いの庵か

窓べより　大比叡のぞめば　ゆくりなく　鳶は舞いおり　湖の真上を

春風は　さくらの花と　あるべきか　花散るときこそ　花は花なり

わが庭の　五月を知らせる　マロニエの　花噴きあふれり　空の真澄みに

走り梅雨　待つが如くに　咲きにける　紫陽花は別名　水の器(うつわ)と

少しずつ　陽差し強まる　この頃は　朴葉の木陰が　恋しまれけり

北指して　上りゆくなる　桜花　夕日のなかで　そっと散るべし

大地震　心痛めて　ためらうか　遅れ咲きける　今年のさくら

満開の　花をし仰げば　花びらの　隙よりのぞく　青き空かも

老眼を　加速せしめて　黄砂降る　朦朧(もうろう)体の　岐阜城仰ぐ

白銀の　比良の山脈　そのままに　五月迎えり　けさの琵琶湖は

ビアパーティ　終われば直くに　湖べりは　空を焦がして　花火揚がれり

明け六つの　鐘に合わせて　喧(やかま)しく　蝉鳴き始む　「今日は暑いぞ」

ミュンヘンへ　ホームステイで　旅立てる　孫の由香子は　二十歳なり

赤蜻蛉（あかとんぼ）　舞いまい我に　寄りくれば　手をば差しのぶ　この指止まれ

わかものの　拳（こぶし）あぐごと　マロニエの　花噴きにけり　五月の朝よ

上絵付けは　どこへいったか　理由聞きぬ　スクリーン転写の　工場閑まり

秋の日の　神嘗祭（かんなめさい）を　前にして　外宮拝めり　娘の案内で

朴の葉は　焦げ茶となりて　散りにけり　朝の日課は　落ち葉拾いか

木枯らしは　冬を告ぐごと　吹き荒み　庭の樹木の　葉落とすばかり

垣根成す　茶の花楚々(そそ)と　咲きにけり　一輪切らめ　母の忌なれば

あかね雲　みなぎる如く　美しき　台風すぎたる　後の西空

蝶ふたつ　たわむれ遊べる　女郎花(おみなえし)　黄の花ゆれて　風立つらしも

山津波　十津川郷を　おそいけり　無惨非情と　いうべかりけり

あるかなしの　風にしあれど　コスモスの　花群ゆらして　秋おとずれる

荒海は　千鳥啼くなく　五合庵　あかり灯せよ　良寛忌(りょうかんき)なり

玉置保夫作陶展（良寛忌・一月六日）

潮騒(しおさい)は　子守唄とも　思うべし　五合庵あら壁　風吹くままぞ

荒磯は　佐渡の浜かも　千鳥なく　織部灯籠　良寛しのぶ

子も眠る　良寛さんも　睡(ねむ)られる　荒磯の浜の　五合庵はいま

良寛の　「天上大風」　おもうとき　おりべ灯籠　ともしび揺れる

庭すみの　石蕗の群落　木枯らしに　耐えて散らざり　黄の花あふれ

なにもかも　攫（さら）えてしまえば　無一物　ひとの暮らしは　此処にはじまる

白銀に　比良の山なみ　鎧（よろ）いたり　琵琶湖のうみは　波たちさやぐ

すこし許り　見込みの肌の　粗ければ　茶筌（ちゃせん）を減らすと　言える客あり

さきほどの　鳶いつしらに　舞い去りて　比叡おろしの　雪降りはじむ

比叡嵐　とでも言うべき　風立ちて　粉雪舞いちる　午後となりたり

久びさに　霰舞う朝　真白なる　借景しばし　窓より眺む

ひむがしの　御嶽・恵那山　かき消して　雪一色の　朝を迎える

日をあつめ　福寿草群　花ひらく　背丈競えど　春まだ寒し

すこしばかり　体調気にして　氏神の　雄琴神社を　子等と詣でる

爽やかな　朝にしあれば　何よりも　近江神宮　詣でけるかも

蛙鳴く　畦道あゆめば　心平の　オノマトペ楽し　思い出したり

詩人・草野心平（一九〇三〜八八）

ゆったりと　菖蒲浮かせる　朝風呂に　身体沈める　こどもの日かな

まどろみの　冷めゆくときに　思うなり　きょうの事また　友の歌をば

少しばかり　サプリメントの　助け借り　体調ととのう　春の朝かも

やきものと　うたの競演　重ねきて　コラボの一冊　『壷中(こちゅう)の響き』

（陶芸・玉置保夫×短歌・久野治）

待つほどに　春をよぶごと　白梅が　花ほころばせり　われが小庭に

上弦(じょうげん)の　月を跨ぎて　金・木星　鮮やかなれば　珍しきこと

ことしほど　春を待ちたる　年はなし　シデコブシの花　ようやくに咲き

舌頭に　言葉ころがす　朝まだき　授かるがごと　歌を成しゆく

おらが春　とでもいうべく　土割りて　土筆伸びおり　河原あゆむに

余震ある　世にしてあれど　コスモスの　群落揺れて　風とあそべる

さりげなく　季節めぐれば　花ひらく　コスモスの花は　うた唄うかも

耐え難きを　耐えと始まる　天皇の　かなしき声なり　玉音放送
（終戦・昭和二十年八月十五日　台湾高雄にて）

復員の　貨車はゆっくり　広島の　駅を告げたり　戦友は降りゆく

ひとときの　安らぎ求めて　集うなり　一期一会の　織部忌茶席

混沌と　不安のただよう　世にありて　金環日食　仰ぎみるなり

建仁寺（けんにんじ）　書展は楽し　孫・由香子　友とならびて　書をば興じる

太陽の　黒子といえる　少年の　ことば鋭し　金星過ぎる

この頃は　トルソ思わす　白無垢の　文様なき壺　徳利はびこる

なにごとも　終わり良ければ　全て良し　とでも思うべし　卆寿迎えて

友多く　先に逝かせて　思うこと　言葉わびしく　余生といわめ

たわむれに　たそがれ清兵衛　名乗るとき　淋しくはなし　むしろ楽しき

広島の　コオノ兵長　いま何処　コラムに書きて　尋ね人とす

いつ迠も　心にひきずる　原爆忌　「チチハハ　カエセ」の　言葉忘れめ

夾竹桃（きょうちくとう）　真紅に燃ゆる　ヒロシマの　街を歩めり　ひとり静かに

天の川　届けとばかりに　窯火噴く　炙（あぶ）りは終えて　攻めに入るか

辞典とでも　言うべき重たい　頭のせ　わが腰曲がるか　傾けるままに

紅葉の　嵯峨嵐山を　散策す　去来の墓も　かたわらに見て

嵐山を　背にして夢窓(むそう)　国師(こくし)建つ　天龍寺(てんりゅうじ)めぐれば　紅葉散りそむ

秋逝くか　無常の紅葉　散り敷きて　毘沙門跡への　坂を染めいる

たなごころ　馴染める偲に　焦げみせて　優しさ伝わる　志野の茶垸は

（玉置保夫作陶展）

ことだまの　幸おう国の　喜びか　言葉の海は　果てしあらなく

文字ひとつ　壺中(こちゅう)に落とせば　響くなり　言葉は歌成し　花とひらける

赤志野の　筒花入れに　残りたる　野分けの白露　溶けむとするも

蕗(ふき)の薹(とう)　三三五五に　花芽出し　わが家の庭も　春の色なり

さわやかに　柳青める　樹下にして　うなぎ塚座す　そっと手を置く

釉むらが　景色をつくりて　枯淡(こたん)なり　秋草まねく　黄瀬戸壺にて

（玉置保夫作陶展）

肩いかる　楷書というべし　書にあらば　織部方壺は　正座のかたち

比叡山　そぞろ落ちゆく　落日の　色むらさきに　焦がれゆくなり

媼(おうな)また　白寿をまえに　語られり　白薔薇生くるに　紅薔薇枯れしと

比良八荒(ひらはっこう)　やさしくあれよ　花筏　湖とぶ鳥は　百合かもめなり

「月落ちて」　と言わぬ許りか　湖(みずうみ)に　満月写れり　揺れよ漣

いにしえゆ　月の比叡と　うたわれて　今宵は満月　しばし仰げる

星月夜　降るともなしに　流れゆく　星をば数えて　飽かずにあるか

比叡よりの　伏流水なり　淀みなく　雄琴の川すじ　せせらぎており

いわし雲　波うつ如く　流れゆく　比叡・比良山　秋のおとずれ

積乱雲　今日をさらばと　去りゆける　秋かぜ少し　吹きそめにけり

ひつじ雲　ゆっくり比叡の　山に座す　オリンピックは　思い出すなり

臥（ふ）せるごと　古木の幹の　たくましさ　幾歳ここに　生命（いのち）　永らう

（長浜市・盆梅展にて）

大比叡の　山の麓に　庵（いお）むすび　われの余生は　歌詠み人（びと）か

# 作詞

## 雪の無際橋

作詞　久野　治
作曲　加藤幸子

一、雪積(つ)む池の　無際橋(むさいばし)
此岸(しがん)と彼岸(ひがん)を　むすぶ橋
朝月うすく　架(か)かれども
吹きゆく風は　泣くがごと

二、庇(ひさし)に重き　雪載(の)せて
開山堂は　真白(ましろ)なり
夢窓(むそう)国師も　その昔
雪降る街に　立たれたり

三、心字が池の　水凍り
巌の滝音　絶えたれど
鐘鳴りひびく　永保寺
春呼ぶ声に　聞こえしや

たじみ市民の歌

## 桔梗が咲いた
―少し童謡風に―

作詞　久野　治
作曲　神保有紀

一、咲いた　咲いたよ
桔梗が咲いた
秋の初めに　並んで咲いた
虎渓の山道　右ひだり
　ふん　りん　かん　と
　数えたよ

二、咲いた　咲いたよ
桔梗が咲いた
土岐の川原で　密(ひそ)かに咲いた
去年もここで　咲いたっけ
　色はやさしい
　濃むらさき

三、咲いた　咲いたよ
桔梗が咲いた
町の花とは　知らずに咲いた
風もないのに　揺れている
　誰かを呼ぶごと
　咲いている
　誰かを呼ぶごと
　咲いている

# 明宝（めいほう）・磨墨（するすみ）の歌

作詞　久野　治
作曲　かとうゆきこ
補作　梶原　拓
唄　吉村健治

一、郡上（ぐじょう）　八幡（はちまん）　唄で持つ
夜空を　焦（こ）がす　歌垣（うたがき）は
名馬（めいば）　磨墨（するすみ）　偲ぶごと
踊り　囃子（はやし）は　にぎやかに
今宵（こよい）は　月も　踊らっせ

二、明宝（めいほう）　気良（けら）は　馬どころ
自然の　恵み　駒そだつ
中でも　秀でし　磨墨は
鼻すじ　通りて　黒ひかる
鎌倉　どのに　召されけり

三、折しも　いくさは　宇治川（うじかわ）ぞ
景季（かげすえ）　するすみ　賜れば
手綱（たづな）を　とりて　先陣を
佐々木と　競う　勇ましさ
いまに　伝わる　物語

四、源氏の　天下　短くて
景時（かげとき）　倒す　風立てば
夕日　無（な）し山（やま）　無念なり
心　つよきぞ　おスミどの
豊丸（とよまる）　抱きて　落ち延びる

五、尾張（おわり）　羽黒（はぐろ）は　興禅寺（こうぜんじ）
おスミの　方（かた）を　傍（かたわ）らに
磨墨（するすみ）　塚（つか）の　香（こう）たえず
唄い　継がれる　愛（いと）しさよ
明宝（めいほう）　するすみ　忘れめや

【解説】

梶原景時（一一四〇～一二〇〇）の菩提寺「妙國山・興禅寺」では毎年五月に「梶原忌」が催されます。

わたくしは「名馬・磨墨の歌」の作詞依頼を受け、本歌を、平成二十二年の「梶原忌」で奉納・発表いたしました。名誉総裁の前岐阜県知事・梶原拓氏（一九三三～二〇一七）も大変お喜びになりました。

翌二十三年には「さわらび会」による踊りを加えた演出で、大変素晴らしいものになりました。

梶原拓氏を先頭に来場者二百名が踊り出す、会場は歌声と囃子で熱狂に包まれました。

# 淡墨ざくらの歌

作詞　久野　治
作曲　かとうゆきこ
唄　唄つむぎ和音

一、岐阜は木の国　山の国
　水また　清き　国なれば
　　木曽に　長良に　また揖斐ぞ
　誇れる　ものの　多きなか
　千代に　八千代に　名を残す
　淡墨　ざくら　春を待つ

二、越中　美濃の　国さかい
　根尾の　里びと　いとしさに
　　継体天皇　お手植えの
　さくら木　残して　発たれけり
　樹齢　いまに　千五百
　淡墨　ざくら　春をよぶ

三、雪に　埋もれて　幹傷め
　風に　たたかれ　枝を折り
　　長き　年月　耐えたれば
　根つぎ　重ねる　村人の
　あつき　心に　まもられて
　淡墨　ざくら　咲きにけり

四、うす墨　色の　ゆかしさを
　空に　広げる　花びらは
　　いのち　短き　春なれど
　しあわせ　呼ぶごと　また平和
　願いて　きようも　咲けるなり
　淡墨　ざくら　ありがとう

継体天皇おうた
「身の代と　遺す桜は　薄住よ
　千代に其の名を　栄盛へ止むる」

淡墨　ざくら　ありがとう

# 長良川鵜飼うた

作詞　久野　治
作曲　かとうゆきこ

一、長良(ながら)の　夕べ　日は沈み
　薄(うす)　むらさきの　狭霧立(さぎりた)つ
　　ときに　篝火(かがりび)　川下り
　　鵜船(うぶね)　今宵も　出陣す

二、烏帽子(えぼし)　腰蓑(こしみの)　出(い)でたちは
　世襲(せしゅう)　すぎ山　誉(ほま)れなり
　　鵜匠(うしょう)　舳先(へさき)で　踏(ふ)んばれば
　　握る　手綱(たづな)は　十二本

三、猛(たけ)き　鵜(う)どもを　宥(なだ)めつつ
　いくさ場(ば)　此処(ここ)と　定(さだ)めなば
　　満(まん)をば　持(じ)せる　鵜飼船(うかいぶね)
　　舷側(げんそく)　叩(たた)くは　船子(ふなこ)なり

四、いざや　決戦　一斉(いっせい)に
　水に　潜(もぐ)れる　勇(いさ)ましさ
　　鵜匠(うしょう)の　手捌(てさば)き　鮮(あざ)やかに
　　篝火(かがりび)　いよよ　燃えにける

五、鵜飼(うかい)の　見せ場　総がらみ
　背(せな)に　喝采(かっさい)　受けながら
　　鮎をば　捕らう　鵜の姿
　　夏の夜　焦(こ)がす　絵巻なり

「面白(おもしろ)うて　やがてかなしき　鵜舟かな」
松尾芭蕉

# びわ湖一周のうた

作詞　久野　治
補作　水野逸夫
作曲　塩川剛史

一、びわ湖は　優し　母のごと
比叡　比良山　父なれば
われは　湖(うみ)の子　さざなみの
蘆辺(あしべ)に　あそぶ　親子鴨

二、皇子の　山を　振りだしに
三井の　晩鐘　なつかしく
誰が　撞くのか　鐘の音
背にして　われは　駆けるなり

三、古都と　よばれし　大津京
過ぎれば　見上げる　大鳥居
近江　神宮に　手を合わせ
往路の　無事を　祈るかな

四、夜雨(やう)で　名高い　唐崎(からさき)を
休む　ことなく　坂本へ
比叡の　山への　登り口
つぎは　温泉　雄琴なり

五、湯けむり　あとに　浮御堂(うきみどう)
湖上(こじょう)の　仏閣　めずらしく
堅田(かただ)は　落雁(らくがん)　舞いおりて
びわこ　大橋　歩もゆるむ

六、小野の　道風(とうふう)　また妹子(いもこ)
その名も　ゆかしき　町過ぎて
和邇(わに)に　入れば　権現山
近くに　仰ぎて　蓬莱へ

七、滋賀の　夕ぐれ　比良の雪
雄松(おまつ)が　白汀(はくてい)　涼風(すずかぜ)か
さざ波　寄せる　浜なれば
白砂(はくさ)　青松(せいしょう)　字の如し

八、ヨシの　葉ずれの　囁きも
舞子　すぎれば　北小松
白髭　神社の　赤鳥居
湖岸に　ありて　清(すが)すがし

九、近江　高嶋　安曇川(あどがわ)や
新旭　過ぎれば　今津なり
此処より　渡るは　竹生島(ちくぶじま)
詣でる　人も　和やかに

十、湖上の　風の　爽やかさ
名残り　惜しみて　中庄を
マキノ　永原　あとにせば
海津　大崎　さくら咲く

十一、花の　名所を　楽しめば
近江　塩津か　余呉の湖
七本　槍の　名はいまに
賤ヶ　岳なり　古戦場

十二、強者（つわもの）どもの　戦（いくさ）あと
訪ねる　ことなく　木の本へ
高月　河毛と　過ぎゆけば
小高き　丘は　小谷城

十三、浅井家　滅びの　跡かなし
虎姫　次ぎなる　姉川は
朝倉　浅井が　夢のあと
秀吉　出世の　長浜城

十四、湖畔に　誇れる　勇姿なり
城下の　黒壁　後にして
田村　坂田か　米原（まいばら）ぞ
彦根の　城は　井伊殿か

十五、河瀬　稲枝　能登川（のとかわ）と
くれば　安土（あづち）は　その昔
天下　布武なる　旗なびき
荘厳　華麗の　安土城

十六、信長　悲運　本能寺
光秀　謀反に　仆れたり
見返す　城址に　足鈍る
近江　八幡　篠原へ

十七、野洲（やす）にて　見上ぐ　三上山
近江　富士とも　呼ばれけり
矢橋（やばせ）の　帰帆は　広重画
守山　栗東（りっとう）　馬育つ

十八、草津は　宿場　本陣の
跡をば　訪ねて　瀬田に入る
唐橋（からはし）　渡れば　夕焼けか
茜に　染まる　擬宝珠（ぎぼし）かな

十九、石山　寺は　秋の月
上（のぼ）る　その日に　会わねども
紫　式部　筆とりて
記（しる）すは　源氏の　物語

二十、粟津は　騒（さわが）し　青嵐（せいらん）か
膳所（ぜぜ）の　城あと　後にして
駆る　終わりは　浜大津
滋賀の　至宝は　琵琶湖なり

【解　説】

びわ湖は一周しますと、およそ二〇〇キロあります。そこでわたくしはJR線上の地名を入れ、かつ地方の歴史を要約して二〇章に纏めました。

作曲は「ベリー・メリー・ミュージック」名古屋代表の塩川剛史氏。

この「びわ湖一周の歌」が「新しいびわ湖の歌」の優秀作品に選ばれ、平成三〇年十月八日、大津市の「びわ湖ホール」で塩川剛史氏の独唱で発表されました。

## あとがき

わたくしが短歌を詠みはじめましたのは昭和十二年（一九三七）十四歳の時であります。当時の名古屋新聞（現在の中日新聞）の日曜マンガ欄の常連の投稿少年としてトップの座を服部保くん（のちに洋画家となる）と争って、有頂天になっていたとき、父の力太郎から「ポンチ絵など描くな」とお叱りを受けたので、漫画家への夢を捨て、同年大曽根の三菱電機株式会社に入社したときから短歌創作を趣味としてはじめました。さいわい同期入社の丸尾銈市くんが、北原白秋の「短歌誌・多磨」に入っていたので、わたくしは地元のアララギ系歌人の浅野梨郷・依田秋圃両先生の門に入って勉強することと致しました。

また、社内では他の歌人ともグループを設けて、短歌誌「樹海」をガリ版刷りでつくり、毎月、社内で例会をひらくことと致しました。

やがて戦時下に入って、隣接する三菱重工株式会社が海軍の艦上戦闘機のゼロ戦を大量生産に入ったため、わたくし達の会社も電機装備品の製作を始めました。

昭和十九年（一九四四）わたくしは徴兵で海軍に入り、山口県の防府通信学校で通信技術をまなぶ傍ら、「万葉集」を読んでいました。この時の同期（第六十九期生）の炭家谷章くんが、白文の「万葉集」を暗誦していたのには驚きました。

その後、わたくしはフィリピンの北端・バブヤン諸島への派遣を命ぜられ、佐世保軍港から出撃しましたが、途中、沖縄から台湾の間の洋上で、アメリカ潜水艦の攻撃に遭い便乗艦が大破。十五時間の漂流後、友軍に救助されて台湾の基隆港に上陸、以後、昭和二十年（一九四五）八月の終戦を迎えるまで、台湾・高雄を中心に軍務に服しました。

以上、わたくしの生活の片隅で短歌は絶えることなく続いて、昭和五十一年（一九七六）に、歌集『花菖蒲』四六判・四百頁（箱入り）を出版。続いて平成十九年（二〇〇七）には、歌集『黒織部』19×17㎝変形判・一四三頁を出版。現在にいたっております。

令和四年　二月吉日

久野　治

## 著者略歴

久野　治（くの　おさむ）

古田織部研究家。中部ペンクラブ理事。

1923（大正12）年、岐阜県多治見市に生まれる。

1937年　三菱電機株式会社入社。

1941年　高木斐瑳雄氏に師事し、東海詩人協会に入る。

1942年「聯詩」運動の佐藤一英氏に師事する。

1983年　三菱電機株式会社を定年退職。

1990年『評伝・古田織部の世界』で中部ペンクラブ特別賞受賞。

1994年　岐阜県文芸大賞を短歌の部で受賞。

1996年　多治見市民の歌「桔梗が咲いた」グランプリを受賞。

1997年　岐阜県第一回織部賞の特別功労賞を受賞。

1999年　岐阜県芸術文化顕彰を受賞。

2003年　日本経済新聞文化欄「織部は日本のダ・ビィンチ」掲載。

2010年　ＮＨＫテレビ『歴史ヒストリア』の「古田織部」に出演、<br>翌年、並びに2017年アンコール放映される。

2011年　岐阜県歌人クラブ記念大会〈岐阜の美を詠む〉岐阜県知事賞受賞。

2014年　ＢＳ11『とことん歴史紀行』〈古田織部～利休が唯一認めた<br>武将茶人～美濃〉に出演。

著　書『中部日本の詩人たち』（続編・続々編全三巻）、『オリベ焼き100選』（点描画集）、2021年刊行『今織部』に至るまで出版タイトルは40を超える。

久野治記念歌集（くのおさむきねんかしゅう）　白寿（はくじゅ）

2022年3月26日　初版第１刷発行

定価2,530円（本体2,300円＋税10%）

著　者　久野（くの）　治（おさむ）

発行者　寺西 貴史

発行所　中日出版株式会社

名古屋市千種区池下一丁目4-17 6F

電話（052）752-3033 FAX（052）752-3011

印刷製本　株式会社サンコー



ISBN978-4-908454-48-6 C0092